ベリーズ文庫

冷徹御曹司の偽り妻のはずが、
今日もひたすらに溺愛されています
【憧れシンデレラシリーズ】

惣領莉沙

STARTS
スターツ出版株式会社

目次

『キタオフーズ』総務部法務課 三園杏奈（25）
あっ
彼は私の幼馴染で初恋相手
『キタオフーズ』商品開発部部長兼副社長 北尾響（33）
昔は仲が良かったけど
今は遠い存在
副社長お見合いの話たくさん貰ってるらしいよ
そうなんだ…
そんなある日私が携わっているプロジェクトが大成功した
成功祝いに食事でもどうだ？

食事だけのはずが…
結婚しよう
まさかのプロポーズ!?
え どうして…っ
グイッ
俺のそばに居てほしい
結婚するなんて冗談だよね…!?
口絵：たマご（サイドランチ）
キャラクター原案：幸村佳苗

冷徹御曹司の偽り妻のはずが、
今日もひたすらに溺愛されています
【憧れシンデレラシリーズ】

プロローグ

「ひ、響君《ひびき》……っ」

ベッドに組み敷かれた杏奈《あんな》のくぐもった声が、途切れることなく部屋に響いている。

真夜中の寝室には熱く甘やかな吐息が広がり、杏奈の苦しげに歪《ゆが》む表情はサイドテーブルの明かりに照らされ、わざと響に見せつけているようだ。

どれだけの時間、こうして肌を合わせているのだろう。

首もとをくすぐる響の唇に身体を揺らしながら考えるが、すでにまともに考える余裕などなく、今は酸素を取り込むだけで精いっぱいだ。

「杏奈……こっちを向け」

「は……」

熱がこもった響の声に緩慢《かんまん》な動きで反応し、言われるがまま顔を向けた。

ベッドに入ったと同時に貫かれ、愛され続けている身体はすでに全身から力が抜け、指先ひとつ動かすのももどかしいほど疲れ切っている。気を抜くと今すぐにでも眠りに落ちてしまいそうだ。

平日の今日、杏奈が響の家を訪れたのは婚姻届に署名するためで、明日から北海道《ほっかいどう》に出張する響のスケジュールを考えて早々に帰るつもりでいたというのに。

いざ署名捺印《なついん》が終わった途端、響に抱き寄せられキスを交わし、熱い肌が重なり合ったのを合図にしたかのように理性もなにもかもが消え、そして――。

寝室には杏奈の嬌声《きょうせい》が繰り返し響いている。

「杏奈」

「やっ……ん」

吐息交じりの響の声が耳もとをかすめ、ただでさえ敏感になっている身体がぶるりと震えた。

胸もとをかすめる響の手が杏奈の身体をいっそう刺激し、喉の奥に声にならない声が広がるのがわかる。

「響君……」

力を振り絞りゆっくりとまぶたを上げた先には、世界中の誰よりも愛《いと》しい男性の端整な顔。

視界に入るだけで鼓動がとくりと跳ね、息が止まりそうになる。

「杏奈……綺麗《きれい》だ」

杏奈の頭の両脇に肘をつき、響は甘い声でささやいた。

何度も杏奈の身体を愛した響の身体はしっとり濡れていて、浅い呼吸を繰り返しながらまっすぐ杏奈を見つめている。

「んっ」

響は杏奈の唇に自分のそれを強く押しつけると、味わい楽しむように何度もついばんだ。

「ふっ……ん……やあっ」

突然唇を割って滑り込んできた響の舌が、荒々しい動きで口内を動き回る。

熱い塊《かたまり》が我が物顔で杏奈の舌を支配し、呼吸することすらままならない。

「や……っ。ひび……響君、もうだめ」

杏奈は響のキスから逃げようと全身をのけぞらせ、顔を逸《そ》らした。

「呼吸の仕方なら、最初に教えただろ」

響はくっくと笑いながら、バランスよく筋肉がついた身体すべてを使って杏奈に覆い被さった。

同時に杏奈の下腹部に響の熱い手が触れ、意思を持った動きで徐々に下りていく。

響に愛されるまで人に触れられたことのない場所へと響の手が進み、杏奈の脳裏にその先にある快感がよみがえる。

「あっ……ん」

まだ触れられていないというのに、身体の芯がぞくりと疼《うず》く。

その淫《みだ》らな反応があまりにも恥ずかしくて、漏れそうになる声をぐっとこらえるが。

「我慢なんて教えてないだろ」

杏奈の淫靡《いんび》な反応を誘い出すように、響の手がさらに奥へと進んでいく。

「んっ……」

脚の間の一番敏感な場所を響の指先がやんわりとかすめたと同時に、ぞくぞくとした震えが全身を駆け抜けた。

「あぁっ……」

こらえきれずに甘い声を漏らした身体は小刻みに揺れ、杏奈は助けを求めるように響の背中に両手を回した。

声と同時に吐き出した酸素を取り戻そうと、何度も浅い呼吸を繰り返す。

「大丈夫か？」

響は杏奈の目尻から流れ落ちた涙を唇で拭い、頬にかかった髪を優しく後ろに梳《す》いた。

「……大丈夫じゃない」

杏奈は目を閉じたまま、力なく答えた。

指先だけで高められた身体は熱く、満ち足りたけだるさが心地よい。

今夜はもう、これ以上は無理だ。

そして、それを伝える体力も気力も尽きてしまった。

杏奈は響の胸に顔をうずめ、微《かす》かに首を横に振る。

「杏奈？」

遠くに響の心配そうな声を聞きながら、杏奈は意識が遠のいていくのを感じた。

もう、限界だ。

「響君……私」

こうして抱かれるだけでなく、いつか響から愛されたい。

叶《かな》わぬ願いを心の中で繰り返しながら、杏奈は眠りに落ちていった。

第一章　甘すぎる距離は罪

青空に入道雲が浮かぶ七月半ばの日曜日。繁華街に続く大通りは多くの人で賑《にぎ》わっていた。

夏本番を迎えて気温が一気に上昇し、通り過ぎる人たちの顔はどれも赤い。

「……ふう」

通りに面したカフェで紅茶を飲みながら人の流れを眺めていた三園《みその》杏奈は、待ち合わせている北尾《きたお》響の顔を思い浮かべ、期待と緊張でつい息を漏《も》らした。

今日は杏奈の二十五歳の誕生日で、響からプレゼントをもらう約束をしているのだ。

とはいえ普段は公私ともにふたりで顔を合わせる機会はほとんどなく、この二年は会ってもまともに会話が続いた記憶もない。

誕生日という特別な理由がある今日でさえ、最低限のやりとりをする程度の短い時間しか一緒にいられないはずで、会話が弾むなど考えられない。

それでも響に会えると思うと緊張以上の期待で胸がいっぱいになる。

家にいてもそわそわしてなにも手につかず、結局、約束の時間より一時間も早く待ち合わせのカフェにやってきた。

杏奈は今日のために用意したシフォン素材のワンピースのシワを無意識に伸ばしながら、気持ちを落ち着かせる。

淡いベージュでスタンドネックのワンピースはわずかに袖がふわりと膨らんでいて優しいイメージだが、全体的にシンプルで落ち着いた印象だ。

ワンピースと同系色のパンプスにちらりと視線を落とし、ひとまず響と一緒にいても、彼に恥をかかせない装いができているはずだとホッとした。

「あ……っ」

杏奈は窓ガラスに映る自身の顔があまりにも強張っているのに気づき、慌てて表情を整えた。

久しぶりに響とふたりで会うことに、自覚している以上に緊張しているようだ。

杏奈は気持ちを落ち着けようと紅茶をひとくち飲み、傍らの椅子に置いていたバッグからタブレットを取り出した。

すぐに目当ての記事を画面に呼び出し、二重まぶたで少し垂れ目気味の目をうれしそうに細める。

生まれつき茶色の長い髪と色白で綺麗な肌は周囲からよく羨《うらや》ましがられるが、全体的に控えめな印象で目立つタイプではない。性格も真面目で穏やか。自ら前面に出るのが苦手で、いつも誰かのサポートに回っている。

身長も女性としては平均的な百五十八センチ。外見も性格もとくに目立たない平凡な存在だ。

タブレットの画面には、杏奈が勤務している『キタオフーズコーポレーション』が最近発売した商品の記事が表示されている。

キタオフーズコーポレーションは売上高で業界トップを争う大手食品会社だ。数年前に創業五十年を迎え、〝食を通じた社会貢献〟を企業理念に、毎年売り上げを伸ばしている。

今、杏奈が目にしている記事で取り上げられているのも、その理念に基づき開発されたミールキットだ。

メニューに合わせてカットされた食材や調味料があらかじめセットされたもので、食材を洗って盛りつけたあとはレンジで加熱したり冷蔵庫で冷やしたりするだけで完成する。包丁や火を使わないので、子どもたちだけで安全に食事の用意ができると評判になり、発売から半年が経《た》った今も順調に売り上げを伸ばしている。

もともと二十年以上前に、在宅介護をする家族の心身の健康を考えた料理の宅配を開始し、それ以来宅配分野に注力してきた。

近年、その事業の指揮を執ってきたのが、商品開発部の担当役員である響だ。この六月に副社長に就任して以降も、現場の肌感覚を大切にしたいという理由で商品開発部に席を置き続け、精力的に動いている。宅配料理事業は彼が先頭に立ってブラッシュアップが続けられていて、今やキタオフーズの代名詞ともいえる存在に成長しただけでなく、売り上げの柱を担う主力事業となっている。

杏奈は響の余裕を滲《にじ》ませた瞳を思い出し、頬が熱くなるのを感じた。

杏奈の父親、三園洸太《こうた》は以前キタオフーズに勤務しており、社長である響の父親、北尾基《もとい》とは同期で仲がよかった。洸太が入社十年を待たず退職しそれぞれ結婚したあとも、家族ぐるみの付き合いが続いている。杏奈にとって響は生まれたときから近くにいる特別な存在で、妹のようにかわいがられてきた。

そして響は、杏奈が密かに想いを寄せている男性でもある。

三十三歳の響は入社以来順調に実績を積み重ね、その優秀な仕事ぶりで周囲からの期待は大きい。杏奈が入社してからの二年と少しの間にも、彼が中心となって生み出したヒット商品は多い。

響自身も昔から後継者としての自覚が強く、仕事への熱意もかなりのもの。責任感と覚悟を持ち、プレッシャーを跳ね返して仕事に向き合う響を、杏奈は尊敬している。

「仕事ができるし、かっこいい」

つい漏らした自分の声に、杏奈は苦笑し小さく首を横に振る。

父親同士が親友ということでかわいがられていたといっても、今では副社長と総務部に在籍する社員のひとり。立場の違いを考えれば響への想いは封印すべきだ。

杏奈はその現実に納得し、入社して以来響とは距離を置いている。

とはいえ遠目からでも響の姿を目にしたり、すれ違いざまに声を耳にしたりすると、全身で意識しときめいてしまう。

そのたび自分のような立場では響とつり合うわけがないと自身に言い聞かせているが、長く抱えている想いを消し去るのは簡単ではないと実感している。

杏奈が響への恋心を自覚したのは、小学校に入学してしばらく経った頃だ。

おとなしく人見知りがちだった杏奈は、同級生の男の子たちにからかわれたりいじめられたりすることが多かった。下校途中で待ち伏せされてつきまとわれることもあり、そのたびに泣きながら帰っていた。

そんなある日、いつものように同級生の男の子たちに取り囲まれ長い髪を引っ張られていた杏奈を助けてくれたのが、響だった。

当時中学生だった響は、男の子たちに囲まれ震えていた杏奈を抱き上げ、『いじめっ子はかっこ悪いぞ』とぴしゃりと言って男の子たちを追い払った。

その姿は凜々《りり》しく頼もしくて、杏奈は子どもながらにときめき響から目が離せなかった。響の力強い腕に抱きかかえられた自分はまるでお姫様みたいだと、しばらくの間ぽーっとしていたほどだ。

そのとき以来、響は杏奈にとっては誰よりも素敵な王子様。

とっくに大人になった今でもその思いは消えず、結果的に二十五歳を迎えた今も、恋愛経験はゼロのままだ。

大人になるに従い、大企業の後継者として期待される響の立場や、女性にもてるという現実と向き合う機会が増え、響は自分とは別の世界で生きているのだと意識するようになった。

自分が昔も今も響のそばにいられるのはお互いの父親が親友同士だからであって、本来なら響のような御曹司との接点などあるはずもない。

いずれ自分は響とは関わりのない人生を歩むことになる。悲しいが、それが現実だ。

だからといって響への想いを簡単には捨てきれず、せめて仕事のうえで響の力になれたらと思い、杏奈はキタオフーズコーポレーションに入社した。

けれど残念なことに今まで仕事で響の役に立ったことはない。仕事上の接点がない現状を考えれば、これからもその機会はないだろう。

それに響には見合いの話が幾度となく持ち込まれていて、遠くない将来結婚するだろうことも覚悟している。

響が結婚すれば、今日のように誕生日に直接会ってプレゼントを手渡してもらえることはないはずだ。それどころか杏奈の誕生日など忘れられても仕方がない。

覚悟しているとはいえ、避けられない未来を想像して杏奈は鼻の奥がつんと痛むのを感じた。

「待たせて悪い」

杏奈は突然聞こえてきた響の声に、ひゅっと息を止める。

タブレットの記事に夢中になっていて、響の気配にまったく気づかなかった。

「ううん、全然待ってないから大丈夫」

杏奈はそう言って傍らに立つ響を見上げ、首を横に振る。

「響君の方こそ早いね」

待ち合わせの時間にはまだ三十分以上あるが、杏奈が先に来るのを見越して早めに来たのかもしれない。

響は百八十センチを超える長身で、細身の身体に麻のスーツがよく似合っている。ジャケットの下に見える淡いブルーのシャツはひどく鮮やかで、緊張しつつもつい見とれてしまう。

自分は響とは立場が違うと認識していても、響は初恋の相手で今も恋心を捨てきれずにいる相手だ。近くにいるだけで心臓はきゅっと小さくなり脈は速くなる。

「杏奈こそ、相変わらず早いな」

「う、うん。そうなの。家にいても暑いから、早めに来て涼んでたの」

本当は緊張と期待でなにも手につかず早めにやってきたのだが、まさか知られるわけにはいかず、そう言ってごまかした。

入社以来響と距離を置いているせいで、いざ顔を合わせてもどう言葉を交わしていいかわからず、こんなぎこちない反応しか返せない自分がもどかしい。

響はまごつく杏奈をとくに気にかけるでもなく、向かいの席に腰を下ろした。

杏奈の答えに興味はなかったようだ。

おまけに目を合わそうとせず腕時計にちらりと視線を落としているところを見ると、忙しい中無理に都合をつけてここに来てくれたようだ。

「あ、あの。わざわざ私のために今日はごめんなさい。忙しいんでしょう？」

もともと響の多忙ぶりは社内でもよく知られていて、杏奈も出張で全国を飛び回る響の体調を、陰ながら気にかけている。

先月の株主総会で副社長に就任してからはさらにスケジュールがタイトになり、社内で見かける機会も減っている。

なのに今日こうして杏奈のために時間を作ってくれた。

それはもちろんうれしいが、せっかく仕事から離れられる貴重な時間だ。身体を休めたり気分転換をしたりしたかったに違いない。

杏奈は申し訳なさに目を伏せた。ただでさえ緊張しているのに、さらになにも話せなくなりそうだ。

するとアイスコーヒーの注文を終えた響が、見かねたように口を開く。

「忙しいのには慣れてるし、杏奈に会う程度の短い時間すら作れないような余裕のない仕事のやり方はしていない」

「あ……うん。そうだね」

きっぱりと言い切る響に、杏奈は力なく頷《うなず》いた。

〝杏奈に会う程度の短い時間〟

覚悟しているつもりでいたが、わずかな時間でしか自分と会うつもりはないのだと念押しされたようで、切ない。

「杏奈こそ、今日は他に予定はないのか？　ここに早めに来たのも俺との約束をさっさと済ませてしまいたかったからじゃないのか？」

表情を消し淡々と話す響の問いに、杏奈は一瞬息を止めた。

まさかそんな風に思われているとは考えたこともなかったのだ。

「ち、違う」

杏奈は首を横に振る。

「そんなこと……ないから」

たしかにあまりの緊張でうまく話せず居心地の悪さは感じているが、さっさと終わらせたいなどと思うわけがない。

それどころか久しぶりに響と過ごせる時間を大切にしたいと、そればかりを考えているというのに、響は完全に誤解している。

本心をわかってもらいたいわけではないが、この状況は思いの外苦しい。

けれど、入社して響との立場の違いを思い知り、意識して距離を取ろうと努めてきた結果がこれだとすれば、仕方がないのかもしれない。

社内で顔を合わせても他人行儀に会釈し通り過ぎ、幼なじみであることに甘えて相談事を持ちかけたり食事に出かけたりという関わりを、杏奈自ら手放した。

いずれ大企業のトップに立つ響と自分とでは、あまりにも住む世界が違いすぎる。

その現実を受け入れて、一線を引いた付き合いをしなければならないからだ。

杏奈はどう言葉を続けていいのかわからず、口を閉じうつむいた。

「まあ、待ち合わせに遅れないのは真面目で慎重な杏奈らしいな」

響はあっさりそう言って軽く頷いた。

誤解が完全に解けたわけではなさそうだが、そこにこだわるつもりもなさそうだ。

結局、響にとって杏奈は単なる幼なじみ。大した興味があるわけではなく、必要以上に深入りした付き合いを望んでいるわけでもないのだろう。

「う、うん。そうだよね……」

杏奈は無理矢理笑顔を作った。

ここで真面目で慎重と言われても、その通りだとはいえ素直に喜べない。特技も秀でた強みもない自分には、何事にもこつこつと丁寧に向き合うことくらいしかできないからだ。

待ち合わせに遅れるのが不安でいつも早めに到着してしまうのも、真面目で慎重な性格の表れ。それ以外に取り柄がない証拠だ。

「そういえば、昔から杏奈が好きだった初川《はつかわ》さんのホームページに個展の様子がアップされてたな」

「え、初川さん……？　響君、覚えてたんだ」

突然響の口からこぼれた名前に、杏奈は目を丸くする。

たしかに杏奈は昔から初川のファンだが、まさか響がそのことを覚えているとは思わなかった。

「それ、借りていいか？」

「あ、うん」

響は杏奈からタブレットを受け取り、素早く操作する。

男性にしては細く長い指が、パステルカラーの明るい画面を呼び出した。

それは杏奈が中学生の頃から大好きな画家、初川季世《きよ》のホームページだ。

初川はパステルカラーの花の絵が有名な人気作家だ。力強さと優しさを感じさせる絵からは元気をもらえると評判で、画集が出るたびに大きな話題になる。

日常を公開している彼女のSNSでは、結婚後授かったふたりの子どもの育児に奮闘している様子が発信されている。夫のサポートを得て精力的に活動を続ける姿はとても魅力的で、作品だけでなく初川自身も杏奈の憧れだ。

先週から彼女の個展が開かれていて、ホームページにはその様子がアップされている。

杏奈は彩り鮮やかな画面を、食い入るように眺めた。

「本当に素敵な絵ばかり。眺めるだけで元気が出る。

杏奈の口からこぼれた言葉に、響は「そうだな」と答えた。

「元気が出るし、明日も頑張ろうって思えるから好きなの。……でも、あの」

響が唐突に初川のホームページを呼び出した理由がわからず、杏奈は首をひねる。

すると響はジャケットの内ポケットに無造作に手を差し入れ、なにかを取り出した。

「本当に初川さんの絵が好きなんだな。だったら、今渡しておく」

「え……？」

杏奈が視線を向けると、響から光沢があるラベンダー色の封筒が差し出された。

「初川さんの個展のチケット。今年の誕生日プレゼントだ」

「個展のチケット……？　え、ほんと？」

響の強い視線に促され、杏奈は遠慮がちに封筒を手に取った。

「このチケット、なかなか手に入らないのに……」

今回の個展は前売りチケットが発売と同時に完売し、数少ない当日券も連日すぐに予定数に達するほどの人気で、杏奈は見に行くのをほぼあきらめていたのだ。

「ありがとう。すごくうれしい」

杏奈は封筒を両手で慎重に持ち、深々と頭を下げた。

「初川さんと以前仕事をした知り合いがいて、手に入ったんだ。会場限定の作品集を取り置いてもらってるから、見に行ったときに受け取ってくるといい」

響の事務的な声に、杏奈は小さく肩を揺らす。

「受け取って……って。それって」

不安げに瞳を揺らす杏奈の言葉を聞き流し、響は再び口を開く。

「チケットと一緒に作品集の引き換え券も入ってるから、忘れるなよ」

「うん……わかった。ありがとう」

杏奈はぎこちなく答え、どうにか笑ってみせた。

封筒の中身が個展のチケットだと聞いたとき、一緒に行けるかもしれないと期待したが、響にそのつもりはないようだ。

絶えず忙しい響に個展に付き合う時間はないだろうし、たとえ都合がついたとしても一緒に行くとは思えない。

自分から響と距離を置いたというのに、個展に一緒に行きたいと思ったり関わりが減って寂しいと思ったり。わがままな自分が情けない。

「杏奈?」

黙り込む杏奈の顔を、響はいぶかしげに見やる。

「あ、あの、色々ありがとう」

杏奈は慌てて顔を上げて明るく答えた。

響の考えならとっくに理解し納得しているのだ、今さら落ち込むのはおかしい。

「今回は行けないなってあきらめてたから、うれしい」

杏奈は朗らかに言葉を続けた。

「そんなに楽しみなら、ここから会場も近いし今日早速行ってきたらどうだ?」

あっさりそう口にする響の言葉に、杏奈は声を詰まらせる。

「あ……今日……?」

やはり個展にはひとりで行く流れのようだ。

響は早く杏奈を個展に向かわせて、この場から解放されたいのだろう。

誕生日プレゼントを手渡すためにわざわざ時間を作り、会ってくれただけでも響には感謝するべきだ。

杏奈は強張っているに違いない顔を見られたくなくて、タブレットを見るふりで顔を逸らした。

響は普段から出張が多いことに加え、休日にも急ぎの仕事が入ったり、社長である父親とともに経済界の集まりに顔を出したりと忙しいが、杏奈の誕生日だけは毎年欠かさず時間を作ってくれる。

杏奈の両親はカフェを営んでいて忙しく、誕生日当日にゆっくり祝うのは難しい。響はその事情を察して昔から杏奈の誕生日を祝ってくれるのだ。

以前は毎年、響おすすめの店でふたりで食事をしていたが、杏奈がキタオフーズに入社して以来その機会はなくなり、プレゼントを用意してくれるだけになった。

それすら今は、長く続けてきたせいでやめるにやめられない、義務のようなものになっているのかもしれないと感じている。

それでも、こうしてプレゼントを用意してもらえるとうれしく、誕生日が近くなるとそわそわし、少しでもかわいいと思われたくて洋服や靴を新調してしまう。

杏奈はため息をつきそうになるのをぐっとこらえた。

「そうだね。このあと行ってこようかな。初川さんの作品、早く見たいし」

「話題になった作品の原画がかなり展示されてるらしいな」

響はタブレットの画面を眺めながら、落ち着いた声でつぶやいた。

「うん。私が初めて見た作品の原画もあって、それが見たいなと思っていて」

杏奈は気持ちを切り替え、明るく答えた。

「そうか。昼からは混むらしいから、早めに出て向かったらどうだ？」

「そうだよね……うん、そうする」

冷静に杏奈を促す響の声に、杏奈は沈む気持ちを脇に押しやり笑みを浮かべる。

響とふたりでいられる時間はあとわずかのようだ。

「あ、あの、毎年誕生日のプレゼント、ありがとう」

チケットが入った封筒を手に、杏奈は改めて礼を伝えた。頭を下げたと同時に今日のために用意した新しい服が目に入り、苦笑した。

響にかわいいと思われたくて選んだが、その必要はなかったようだ。

響にとって杏奈との約束は、隙間なく埋められたスケジュールの中のひとつにすぎず、杏奈の装いにも無関心なのだから。

今も運ばれてきたばかりのアイスコーヒーをひとくち飲んだだけで手もとから遠ざけ、代わりに伝票を手に取っている。ここで顔を合わせてからまだほんの数分だというのに、これ以上一緒に過ごすつもりはないようだ。

杏奈は切なさに胸を痛めながらも、久しぶりに間近にある響の端整な顔につい見とれた。

会社で見かけるきりりとした響はもちろん素敵だが、仕事への責任感やプレッシャーから離れた彼も魅力的だ。

後継者という責任に縛られず大らかだった入社前の響の姿を思い出し、今でもたまらなく好きだと改めて実感する。

杏奈はこの瞬間を忘れないでいようと決めた。

「素敵なプレゼントを、本当にありがとう」

杏奈は沈む気持ちを振り払って笑顔を作り、口を開いた。

響は呆《あき》れたように眉を寄せる。

「そこまで何度も礼を言われるようなことはしていない。たまたま伝手《つて》があっただけで、喜んでくれたならそれでいい。じゃあ、そろそろ出ようか」

よほど早く店を出たいのだろう。響は抑揚のない声で言い終わるや否や立ち上がると、さっさと会計を済ませに向かう。

杏奈の様子を気にする素振りもない。

「響君……」

杏奈も席を立ち、スラリとした長身の後ろ姿をぼんやりと眺めた。

子どもの頃は何度も無邪気に抱きついた広い背中が、今までになく遠く感じた。

　初川季世の作品を心ゆくまで鑑賞し会場を出た頃にはちょうど日が暮れ始めていて、通りにはぽつぽつとイルミネーションが輝いていた。

　個展は大盛況で、百貨店の美術フロアに設営された会場には多くのファンが訪れていた。子どもから年配者まで、国籍も性別も問わずの来場者に、杏奈は初川の人気の高さを改めて実感した。

　初川の真骨頂である明るいパステルカラーの花が広い会場全体に咲き誇り、一歩足を踏み入れただけでその特別な世界に夢中になり、心がふわりと躍り始めたほど。

　会場に初川がいるかもしれないと期待していたが、残念ながら今日は不在で彼女の事務所スタッフが対応していた。

　混み合っていたが、大好きな作品を眺める時間は格別で、杏奈は終始ワクワクしながら会場内を回っていた。

　とはいえふとしたタイミングで響を思い出し、そのたびため息が出そうになるのを我慢してばかり。このカラフルで幸せな花の世界を響と一緒に見たかったと何度も思い、それはわがままだと自分に言い聞かせた。

響は、カフェを出たあとは新商品のCMの打ち合わせがあると言って、さっさと会社に向かった。

副社長に就任して一カ月弱、仕事の忙しさはもちろんプレッシャーも大きいはずだ。そんな中わざわざ時間を作ってくれた響を困らせないよう『忙しい中ありがとう』と笑顔で伝え、見送るしかなかった。

響が運転する車が大通りを走り去るのを見送りながら、もしかしたら響に誕生日を祝ってもらえるのは今年が最後かもしれないと、改めて覚悟した。響にはいくつもの見合いの話が持ち込まれていて、結婚するのも時間の問題だろうという社内の噂《うわさ》が頻繁に耳に入ってくるからだ。

杏奈は響が注文してくれた作品集の入ったショップバッグを大切に抱え、家路についた。

この日の誕生日が、杏奈にとって生涯忘れられない特別な日になったのは、間違いない。

誕生日翌週の金曜日、杏奈は同期の戸部真波《とべまなみ》と社員食堂で待ち合わせ、昼食をとっていた。

真波とは新入社員研修で同じグループだったことで仲良くなり、配属後も親しく付き合っている。

人見知りがちの杏奈と違って社交的な真波は、誰とでもすぐに打ち解けられる積極的な姉御肌。外交官である父親の仕事の関係で海外生活が長く、英語をはじめ数カ国語に通じる才女だ。杏奈と同じ総務部所属だが、本社ビル一階の受付担当で、海外からの来客にも臆せずスムーズに対応する姿は知的で凛々しい。

杏奈は同期ながら学ぶべきところが多い彼女を尊敬し、なにかと頼りにしている。

「あ、遅くなったけど誕生日おめでとう」

定食の載ったトレーを手に食堂奥の窓際カウンターに並んで腰を下ろしてすぐ、真波はトートバッグから小さな包みを取り出した。

「誕生日に間に合わなくてごめんね。でも、時間をかけた分、我ながらかなりの出来映えだと思うの」

真波は淡いオレンジの包装紙でラッピングされた包みを杏奈に手渡し、ワクワクした表情を見せる。

「もしかして、刺繍《ししゅう》？」

杏奈は両手で包みを受け取りながら期待交じりの声をあげる。

「もちろん。本当なら当日までに渡すつもりだったんだけど間に合わなかったの。ごめんね」

「ううん、謝らないで。……今、開けてみてもいい？」

杏奈の手の中にあるのは、三センチほどの厚みがある軽い小さな包み。十センチ四方だろうか。

「もちろん、開けてみて。杏奈の好みだと思うんだよね」

「うん」

杏奈は真波の視線に促され、丁寧にラッピングを解いて箱を開けた。

「……綺麗」

箱の中から現れたのは、赤を基調にした幾何学模様が刺繍された栞《しおり》。金糸がバランスよく混じっていてとても華やかだ。

真波は刺繍が得意で、時間を見つけては針を手に刺繍を楽しんでいる。その腕前はかなりのもので、SNSに投稿するたび話題になるほどだ。

「杏奈はいつもなにかしら本を読んでるから栞にしたの。よかったら使って」

杏奈は大きく頷いた。

「このまま飾りたいくらい綺麗。でもいいの？　これ、すごく手が込んでるよね」

「もちろん。杏奈のために図案を考えて針を刺したのよ。遠慮も返品も認めません」

杏奈は栞を手に取り見つめた。細かい色合いにも気遣いが感じられる丁寧な仕事ぶりだ。

「ありがとう。大切にするね」

杏奈は栞を箱の中に慎重に戻し、頭を下げた。

「伶央《れお》さんのお手伝いもしてるのに、時間を作るの大変だったよね」

「彼はここしばらく撮影で九州《きゅうしゅう》に出かけていたから、時間があったの」

真波はそう言って、肩をすくめた。

「なるほど」

杏奈は納得し頷いた。

真波には伶央というフリーカメラマンの恋人がいて、休日には彼のオフィスで事務作業の手伝いをしているのだ。

ふたりの出会いは真波の両親の銀婚式の祝いの席。互いの父親同士が学生時代からの友人で、その日カメラマンとして現れたのが伶央だったらしい。レンズ越しに真摯《しんし》に被写体に向き合う伶央の姿が魅力的で、ほぼひと目惚《めぼ》れだったそうだ。

真波が伶央に想いを伝え、伶央も物怖じせず素直な真波を気に入ってふたりが付き合い始めてから二年。好きな人と想いが通じ合い、お互いを尊重し支え合っている真波を心から羨ましく思う。

杏奈は響から恋愛対象として認識されていないだけでなく、彼の役に立っているわけでもない。総務部というバックオフィスで、この先響が率いていく会社を陰ながら支えていければそれで十分だと思っている。

「杏奈？　早く食べた方がいいよ。これ、サクサクしてすごくおいしい」

「あ、うん。おいしそうだね」

杏奈は真波の声に急いで箸を手に取り海老フライを頬張った。

「あ、ねえ。誕生日はどうだったの？　早く聞きたくて実はうずうずしてたの」

「それは……」

杏奈は口ごもる。見ると、真波は意味ありげに杏奈を見つめている。

「大好きな王子様にお祝いしてもらったんでしょ？」

「お、王子様……っ」

ニヤリと笑う真波の問いに、杏奈は激しくむせた。

昼食を終えた杏奈は真波と別れ、総務部に戻った。

食事中、響と過ごした誕生日のことをかいつまんで話した杏奈に、真波はうんざりした様子で『好きならさっさと気持ちを伝えればいいのに』と言って呆れていた。

杏奈のように長年片想いのまま告白しないだけでなく、相手との距離が広がっているのに想い続けるなど信じられないらしい。

歯がゆく思う真波の気持ちは理解できるが、それはできない。想いを伝えても響を困らせるだけで、自分が楽になるためのわがままだとわかっているからだ。

「だめだめ。もう悩まない」

杏奈はいつまでも想いを断ち切れない自分に苦笑し、席に着いた。

杏奈が所属する総務部は、社内の雑多な業務を引き受ける総務課と法務関連を担当する法務課を抱える大きな部署だ。

法務課の業務には会社を経営していく上で必要な法律関係の処理はもちろん、杏奈が担当している株主対応も含まれている。

配属後すぐに教育担当の先輩から手渡されたのは、キタオフーズコーポレーションの発行済株式総数や転換社債の転換価額などが書き込まれた資料。同時にその日の株価を尋ねられたが答えられず、冷や汗をかいた。

そして初めて名刺交換をした相手は、幹事証券会社の男性だった。株主総会で世話になる信託銀行の部長にも早いタイミングで挨拶をしたが、そのたび自分が就職したのは金融関係だったのかと戸惑っていた。

今もその状況に大きな変化はなく、杏奈は会社の本業にはほぼノータッチだ。年間を通してのルーティン的な業務が多いが、中でも最も神経を使う株主総会が先月滞りなく終了し、その事後作業も完了した今は束《つか》の間のゆったりとした時期に入っている。部内の雰囲気も穏やかで、先月までの殺気立った空気が嘘のようだ。

今年の株主総会では、二年前に取締役に就任した響も他の取締役たちと同様、壇上に並んでいた。議長である社長から、総会終了後の取締役会で響の代表取締役副社長への就任が予定されていると公表されたとき、響は緊張感はあれど誇らしげにその場に立ち頭を下げていた。

招集通知を作成している時点で響の副社長就任は知っていたが、その姿を目にしたとき、これまで以上に響が遠い存在に思えた。

思い返せば、杏奈が響と距離を置こうと決めたのは、二年前の株主総会で響が取締役に選任されたのが大きなきっかけだった。ふたりの間にある格差に動揺し、うまく話せなくなっただけでなく近くにいることすら苦しくなったのだ。

今年はいよいよ副社長に就任し、さらに遠い存在になってしまった。

「三園さん、少しいいかな」

そのとき、打ち合わせから戻ってきた部長に呼ばれた。

「あ、はい、大丈夫です」

杏奈は沈みかけていた気持ちを脇に押しやり、すっくと立ち上がる。

来年の三月で定年退職を迎える部長は、入社以来人事や経理などのバックオフィス部門をまとめ上げたやり手だが、丸顔に細い目が印象的な優しい男性だ。

「お疲れ様です」

杏奈が部長のデスクの前に立つと、数枚の書類が差し出された。

「あ、これって」

杏奈は見覚えがある文章に小さく反応する。

「例のイベントの募集要項だよ」

部長は温和な笑みを浮かべ、杏奈に書類を寄せた。

「……ですよね」

杏奈はくぐもった声で答える。

これは年に一度社内で開催される『販売促進のためのアイデア募集』に関する応募要項だ。全社員が応募できる恒例のイベントで、毎年かなりの人数が参加している。

その始まりは二十年以上前。当時の社長の『キタオフーズは食で人の生活に直結する会社だ。生活の質を向上させるために、社員の率直なアイデアを取り入れ生かしたい』という発案によって生まれた。

途中幾度かのブラッシュアップを経て、今では新商品の提案や既存商品の新しい販売戦略など、自社商品への愛に基づいたアイデアを広く募集している。

お祭りのような側面もあり軽い気持ちで応募している社員がほとんどだが、クリエイティブな才能に自信がない杏奈はこれまで一度も参加したことがない。

「あの、これがなにか？」

杏奈は戸惑いながら、部長と書類を交互に見る。こうしてわざわざ呼び出してまでこの募集について切り出す意図が、思い浮かばない。

すると部長はわずかにためらいながら、口を開いた。

「午前中の部長会議で耳にしたんだが、総務部だけでなく、経理部や人事部を含めたバックオフィス系の部署の人間で今回の募集に参加していないのは三園さんだけらしいんだ」

「え、私だけですか？」

驚く杏奈に、部長は苦笑し頷いた。

「もともと参加率は高いんだけど、最近ここからヒット商品がいくつも出てるせいか若手の士気が高くてね。参加賞目当てでもいいからまずは参加しようって盛り上がってるようなんだ」

「はい……」

杏奈は真波も同じようなことを言っていたと思い出す。彼女も募集が始まってすぐに応募を済ませたらしく、『今年はいけるはず』と自分のアイデアに自信を持っていた。

「というわけで、三園さんにもぜひ参加してほしいんだ」

部長は立ち上がり、杏奈に期待に満ちた目を向ける。

「え、でも……」

語気の強さに押され、杏奈は後ずさる。入社以来一度も参加したこともなければその気になったこともないのだ。募集要項を見ると締め切りは週明けの月曜日。あと三日しかない中でいいアイデアが浮かぶとも思えない。

「私には無理かと……時間もないですし」

胸の前で両手を振って断るが、部長は机を回り杏奈の目の前に歩み寄る。

「たしかに締め切りまで時間がないが、参加賞の図書カードをもらうためだと割り切って参加するのもいいと思うぞ。年に一回のお楽しみだ、参加しないともったいない」

「あの……でも。私は商品に関するアイデアなんて思いつかなくて。今まで開発や企画とも縁遠い仕事しかしていませんし」

杏奈は立ち上がってまで力説する部長に圧倒される。

「そこまで真面目に考える必要はないんだ。自分が食べたいものを好きに考えたり、うちのお気に入りの商品をこんな感じで販売したらもっと売れそうだとアイデアを出したり。お遊び気分で参加すればＯＫだよ」

「でも、私は……」

「三園さんはうちの会社の商品に詳しいから、いいアイデアが出ると思うんだ」

「えっと……」

杏奈はどこまでもあきらめない部長を前に、口ごもる。

たしかに響がいずれ社長として率いる会社なので、入社前から商品について関心があり知識はあるが、それを今回の募集に役立てる自信はない。

それだけでなく商品開発や販売とはまるで接点がない業務についている自分があれこれ提案するなど、図々しい気がするのだ。

「会社としては……」

部長は言葉を選びながら、再び口を開いた。

「総務部や人事部のようなバックオフィス部門の社員にはとくに参加してほしいんだよ」

「どうしてですか？　本業に関わっている社員の方がアイデア豊富だと思いますが」

杏奈は納得できず、首をかしげる。商品開発や営業部門にいる社員の方が知識が多く経験値が高くてアイデアも浮かぶはずだ。

「普段本業に関わっていない社員にも商品作りに参加してほしいし、キタオフーズの社員であることに誇りを持ってほしい。そのためのイベントだから」

「誇り……」

杏奈はぼんやりつぶやき部長を見つめた。

キタオフーズに入社したのは、陰ながら彼の役に立ちたかったからだ。

もちろん会社の経営理念や風通しがいい社風も気に入っているが、誇りを持つという大げさな感情を抱いたことはなかった。

「だったらやはり私には荷が重いかもしれません。会社のことは好きですけど誇りに思うほど真剣に考えたことは今まで――」

「あー、そんなに真面目に考えなくていいから」

部長が小さな笑い声をあげる。

「全社員参加が目標なんて言いながら、毎年商品開発や宣伝の人間のアイデアが採用されてるんだ。結局、商品に近い人間に有利なイベントってことだ。だから記念参加って軽く考えて気楽に応募したらいいんだよ」

部長の陽気な声につられ、杏奈も笑い声を漏らす。

たしかにそうだ、全社員に参加を呼びかけているとはいっても、これまで採用されたのは商品開発や販売、宣伝に直接関わる社員のアイデアばかり。

やはり豊かな商品知識を持つという強みは侮れないということだ。

「三園さんが参加すれば、バックオフィス部門からは全員参加。俺の顔を立てると思って、協力してほしいんだよ。ここで三園さんが不参加だったら、次の部長会議で嫌みを言われるのは間違いないんだ」

「それは……大変ですね」

部長は冗談交じりにそう言っているが、嫌みのひとつやふたつ確実に言われそうだ。

「だったら……」

部長の顔を立てるために、それこそ記念参加という軽い気持ちで応募するのもいいかもしれない。

杏奈は小さく息を吐き出して、部長に向き直った。

「いいアイデアが浮かぶかどうか自信はないですが、ひとまず考えてみます」


仕事を終えて帰宅した杏奈は、早々に両親が営むカフェ『アプリコット』に顔を出し、盛りつけや給仕を手伝っていた。

ウッド調で優しく温かい雰囲気の店内には四人掛けのテーブルが八つとカウンター席が六つあり、今はカウンター席以外すべて満席だ。

杏奈の両親が、食材にこだわり健康に配慮した料理をメインに据えたカフェを始めてから二十年以上経つが、健康志向の高まりを受けて連日多くの客が訪れている。

とくに金曜日の夜はいくつもの予約が入っていて、普段は大学生のアルバイトをふたり雇っているが、あいにく試験期間中で今週はふたりとも休み。

そのせいで杏奈が手伝いに駆り出されることが、今朝決まったのだ。

「このおいしさ。やっぱり敵わない」

カウンター奥の厨房で、杏奈はしみじみとつぶやいた。

客足が落ち着いたタイミングで洸太が手早く作ってくれたナポリタンがあまりにも

おいしくて、あっという間に完食した。

杏奈自身も料理は得意で家族に腕を振るうことはあるが、洸太の腕前には当然敵わない。

料理好きが高じてキタオフーズに就職し、その後念願のカフェを開いたらしいが、二十年以上が経った今も洸太の料理に対する熱量は衰えず、毎日生き生きしていて楽しそうだ。

「ごちそう様でした」

杏奈は空になった皿を満足げに眺めながら、グラスの水を飲み干した。

スマホを見ると、二十一時半。ラストオーダーまであと三十分だ。

もうひと息頑張ろうと立ち上がったとき、ドアベルの音が聞こえてきた。

「いらっしゃいませ」

よく通る母の声に合わせ、杏奈は厨房から店内に足を向けた。

「あ……」

響が店に入ってくるのが目に入り、杏奈は動きを止めた。

平日の夜に響が店に来るのは珍しい。

スラリとした長身に、仕立てがよさそうなスーツがよく似合っている。この時間になっても外は蒸し暑いというのに、ひどく爽やかだ。

響は慣れた足取りで、タイミングよく空いたカウンター近くのテーブル席に腰を下ろした。

「夕食は食べたの？」

杏奈の母が軽く声をかけながら響の手もとに水が入ったグラスを置いている。

厨房からその様子を眺めながら、杏奈は店内を見回した。

馴染みの客たちが和やかに食事をしているが、とくに忙しいわけではなさそうだ。

杏奈は響と顔を合わせない方がいいだろうと思い、しばらく厨房にとどまることにした。

「今日は移動中も打ち合わせがあって、夕食どころか昼も食べてないんだ」

響は表情を緩め、親しげな口調で答える。幼い頃から家族ぐるみで付き合っているので、副社長になった今でも互いに気を許した関係が続いているのだ。

「まあ、それはお疲れ様。だったらがっつり食べなきゃね。そうだ、夕方テレビで響君を見たわよ。なにか商品の紹介をしていたみたいだけど？」

「早速流れたのか。今日は新商品の発表会があって、その映像だな」

杏奈は響と母のやりとりに耳をそばだてながら、思い出す。

今日は隣県にある本社工場で、関係者やマスコミを招いての新商品発表会があったのだ。副社長であり商品開発担当役員を兼任している響もそれに出席していたはずだ。

退社間際、発表会が滞りなく終了したと、広報宣伝部から全社員向けのネット掲示板に報告が上がっていた。

「たしかゼリーだったわよね」

思い返す杏奈の母に、響は大きく頷いた。

「筋力が落ちて転んだりしないように、タンパク質を強化したシニア向けのゼリーで、正直、かなりのお勧めなんだ」

よほど自信がある商品なのだろう、響は身を乗り出し熱心に話している。

「あら、だったら私や洸太さんにはぴったりの商品ね。今度食べてみるわ。去年出たカルシウムたっぷりのクッキーもおいしくて、よく食べてるの」

「ありがとう。試作を何回も繰り返した自信作だから、開発に当たったメンバーたちが聞いたら大喜びだな。次の商品開発に向けての励みになるし」

響はそう言って顔をほころばせた。

「あ……」

杏奈は久しぶりに見る響の笑顔にドキリとする。たまらず厨房から顔を出し、今も変わらない響の笑顔を見つめた。

その表情からは、部下たちを誇りに思っているのが伝わってくる。

杏奈は、部下たちを信頼し商品に熱い思いと自信を持つ響を尊敬すると同時に、自分との間にある格差を改めて思い知らされたような気がした。

「だったら今日は新商品発売のお祝いになんでもごちそうするわよ。なにが食べたい？」

杏奈の母は、嬉々《きき》として響に問いかける。響を家族のようにかわいがってきた彼女にはよくあることだ。

「だったら、今日はやっぱり定番のチキンライスで。最近なかなか来られなかったから食べたくて仕方がなかったんだ」

響にとっても杏奈の家族は自分の家族のような存在だ。ごちそうされるのにも慣れていて、後日お礼代わりにおいしいスイーツを差し入れてくれる。

「チキンライスね。了解。すぐに用意するわね」

洸太が作るチキンライスは昔から響の大好物だ。珍しく平日の夜に店に来たのは、どうしてもチキンライスが食べたかったからかもしれない。お昼を食べていないとなれば、なおさらだ。

「もちろんサイズは大盛りだよな」

カウンターの中から洸太が響に声をかける。

「昨日、基も食べに来たよ。会食が続くとうちのチキンライスが恋しくなるらしい。似た者親子だな」

洸太はそう言って軽快な笑い声をあげる。

杏奈もつられて、厨房の中で笑みを浮かべた。

響の父であり、キタオフーズコーポレーションの社長の基は、多忙な合間を縫って洸太の料理を食べにカフェを訪れる。コーヒー一杯だけで慌ただしく席を立つときもあるらしいが、重責を背負う彼にとってパワーチャージを兼ねた大切な時間なのだろう。

「舌だけじゃなく見た目も似てきたな。さっき響が入ってきたとき、基かと思ったよ」

「それ、最近よく言われる」

面白《おもしろ》がる洸太に、響はまんざらでもなさそうに答える。

響も基も身長が百八十センチを超えていて、手足が長く細身。スーツ姿で並ぶとシルエットはそっくりだ。顔も輪郭《りんかく》から各パーツの配置までよく似ていて、ふたりが親子だというのは誰の目にも明らかだ。

「だけど見た目だけ似ていても仕方がない。人としても経営者としても父さん以上の人間にならないと」

響は自身に言い聞かせるようにつぶやいた。

その言葉だけで大企業の次期後継者という自身の立場を前向きに受け止め、社長である父を目標にしているのがわかる。

「頑張れ御曹司。呆れるくらい仕事好きで負けず嫌いの基が、息子相手に簡単に追いつかれるとは思わないけどな。今日のところは俺のチキンライスで力をたくわえておくといい」

「もちろん大盛りで」

朗らかに笑う洸太につられ、響も小気味よく答える。

響自身もすぐに父親に追いつけるとは思っていないのだろう。その声は明るい。

「響君……」

杏奈はぼんやりとつぶやいた。

自分と違って響と気兼ねなく話せる両親が、羨ましい。

家族ぐるみで親しく付き合ってきたというのに、今では自分ひとりが響と距離を置いている。それがベストだと思う気持ちに変わりはないが、杏奈の前では決して見せない響の笑顔を見ると、やはり寂しい。

杏奈はこれ以上見ていられず、厨房へと足を向けた。

「だけど響。ここで食事してくれるのはうれしいが、そろそろ結婚して夫婦ふたりでチキンライスを作るのもいいんじゃないか？　見合いの話も多いんだろう？」

突然耳に届いた洸太のあっけらかんとした声に、杏奈は思わず足を止めた。

「結婚……」

響の反応が気になり再び振り向くと、思わず胸の前で両手を固く握りしめた。

すると響は動じる様子もなくあっさりと口を開いた。

「結婚はまだ考えていないから、当分の間、チキンライスはここで食べるよ」

響の迷いのない答えに杏奈はホッとし、詰めていた息を吐き出した。

その後ラストオーダー間近となり、各テーブルからばたばたと注文が入り始めた。とくにデザートの注文が多く、杏奈は厨房で盛りつけを手伝っていた。

「杏奈、それは洸太さんに任せてこっちを手伝ってもらえる？」

「あ……うん、わかった」

店内から聞こえた母の声に、杏奈は気乗りしない声で答えた。

響と顔を合わせないためにもこのまま厨房で洸太を手伝っていたかったのだが、それは無理なようだ。

「デザートはこれが最後だから、あっちを手伝ってくれ。お客様が飲み物をお待ちだろうからな」

「う、うん。そうだね」

杏奈は手にはめていたビニールの手袋を外し、店内に顔を出した。

「あ、ホットコーヒーを淹《い》れて響君に持っていってくれる？」

「えっ……わかった」

厨房から出るや否や母に声をかけられ、杏奈はちらりと響のテーブルに視線を向けた。

すでに大皿は空っぽで、食事を終えた響が椅子の背に身体を預けタブレットを眺めていた。コーヒー好きの響のことだ、コーヒーが運ばれるのを待っているのだろう。

杏奈は緊張しつつも覚悟を決めると、店自慢のコーヒーメーカーでコーヒーを淹れ、響のテーブルに運んだ。

「お疲れ様です」

杏奈は固い声でそう言いながら、響の手もとにコーヒーを置いた。視界の片隅に、杏奈の登場に驚く響が映りドキドキする。

慎重に置いたつもりだが、緊張で手が震えコーヒーカップがガシャンと耳障りな音を立てた。

「あ……ごめんなさい。大丈夫？ こぼれてないかな？」

杏奈は慌てて確認する。

「大丈夫だから焦るな。それより杏奈は平気か？ コーヒーが手にかかってないか？」

響は抑えの利いた声でそう言うと、傍らに立つ杏奈の手に視線を向けた。

「わ、私は平気。大丈夫」

突然まじまじと手を見つめられ、杏奈はとっさに両手を背中に回し響から隠す。

響から注目されるのは久しぶりで、どぎまぎしてしまう。

「だったらいいが」

響は杏奈が背中に隠した手を視線で追いながら、固い声でつぶやいた。

一瞬表情が曇ったような気がして、杏奈は首をかしげる。

「店の手伝いなんて、久しぶりじゃないのか？」

珍しく響から話しかけられ、杏奈はぎこちない笑みを浮かべた。

「今日は、バイトのふたりがお休みで急遽《きゅうきょ》手伝うことになって……」

「そうか」

響は杏奈を見るでもなくそう言うと、手にしていたタブレットに視線を落とした。

いつも同様、杏奈の返事に興味はないようだ。突然話しかけたのも、単なる気まぐれなのだろう。

「……じゃあ、ごゆっくり」

会話が弾まず居心地の悪さを感じ、杏奈は早くこの場を離れようとテーブルの上を片付け始める。

無心で手を動かしていても、両親と話していた響の笑顔をふと思い出し、自分へのあまりにも淡泊な対応との違いに気落ちする。

以前は杏奈にもあの笑顔を無条件に向けてくれていた。それだけじゃない。顔を合わせればすぐに会話が弾み、気詰まりな空気など感じたことはなかった。

「あ、それって」

杏奈はテーブルに置かれたタブレットの画面がふと目に入り、途端に目を輝かせた。

「今日の商品発表会の記事だよね？」

そう、以前はこんな風に気楽に響に話しかけ、響の笑顔を独占していたのだ。

「発表会、問題なく終わってよかったね。宣伝部からの報告を読んで、私もホッとしてたの。あ……えっと」

杏奈はハッとして後ずさる。

両親と響の気楽なやりとりが頭に残っていたからか、つい気安く話しかけてしまった。

響を見ると、突然馴れ馴れしく話しかけられて驚いたのか、黙り込んでいる。

すると響はふっと息を吐き、口を開いた。

「ありがとう。評判も上々でうちのメンバーも喜んでいたよ」

感情の見えない淡々とした声だが、気を悪くしたわけではなさそうで、杏奈はひとまずホッとする。

「そうなんだ。あ、早速ネットに好意的な記事が出ていたから、売り上げも期待できそうで安心したの」

杏奈は控え目に言葉を続けた。

会社の今後に影響すると言ってもいい響の仕事に意見できる立場ではないが、前向きな記事を目にすると、やはりうれしい。

「いい商品だしうちの宣伝部と営業部には優秀な人材が揃ってるから、売り上げについてはあまり心配していない」

響はなんてことのないようにあっさりと答えた。不安などまったくないようだ。

「そっか」

わかってはいるが、杏奈の心配や意見は必要ないらしい。

杏奈は気の利いた言葉ひとつ言えない自分にがっかりし、響のことはやはり遠くから見ているだけで満足しなければと、改めて思った。

「あ、これ響君だよね？」

杏奈は画像に響が写っているのに気づき、思わずタブレットを覗《のぞ》き込む。

写真には、壇上で記者からの質問に答える響の姿が写っていた。担当役員や営業部長など数人が並ぶ中、背が高く見栄えのいい響はひときわ目立っている。

おまけに商品に対する愛情や熱量が高く知識も豊富なので、こういう場に出席するたびに響に質問が集中し、長い時間マイクが手放せないらしい。

「響君、今回も目立ってるね。スーツもよく似合っていてモデルみたい……あ」

キリリとした表情で記者たちと向き合う響の姿にときめき、またつい無駄話をしてしまった。

杏奈はこれ以上ここにいない方がいいと思い、片付けを再開する。

「このとき」

「え？」

不意に聞こえた響の声に、杏奈は手を止め顔を上げた。

「あれこれ話しすぎて、できれば手短にって司会者にやんわり釘《くぎ》を刺されたよ」

響は思い返すようにつぶやき、苦笑する。

「そんなことない。それだけ商品のよさをわかりやすく伝えようと丁寧に話してるってことだよね」

とっさに声をあげた杏奈を、響はちらりと見る。

「たとえそうだとしても。父さん……社長みたいに簡潔に対応するべきタイミングは多いからな。そこは見習わないと」

「それはそうかもしれないけど……」

父親へのリスペクトが感じられる言葉は前向きで、サラリとそれを口にできるのも響の魅力のひとつだが、杏奈の心は複雑だ。

「たしかに社長は話し上手だけど、響君の話もわかりやすくて信頼できる。それが理由でうちの株を買ったお客さんがいるって証券会社の人から聞いたこともあるし。だから社長を意識する必要はないと思う。それに料理の宅配事業も響君がブラッシュアップして盛り上げて……」

杏奈はハッとし、両手で口を覆う。勢いに任せてまた余計なことを言ってしまった。恐る恐る視線を向けると、響が驚いたように杏奈をまっすぐ見つめている。

「あ、あの。なにも知らないのに生意気なことを言っちゃったね。じゃあ、ゆっくりしていってね」

余計なことを口走ってばかりの自分が情けなくて、杏奈は慌てて響に背を向けた。

本来なら自分はもう響とこうして一緒にいられる立場にいないのだ。無遠慮にあれこれ口にするなどあり得ない。

けれどその一方で、久しぶりに響との会話が続いてワクワクしているのもたしかだ。

空気を読めない自分を反省しつつも、一瞬でも昔に戻れたような気がして食器を片付ける動きもキビキビする。

「杏奈」

響はトレーを持ち上げようとした杏奈の手を掴《つか》み、引き寄せた。

「なにも知らないってことはないだろ。杏奈は生まれたときから俺のそばにいたんだ、家族と同じように俺を理解してくれてるんじゃないのか？」

目の前に迫る響の端整な顔と強い声音に、杏奈は目を瞬かせる。

「こ、子どもの頃は近くにいたけど……今はもう響君は遠いっていうか」

自分とは別の世界で生きている、手の届かない人。

その現実を自覚し距離を取っているのだが、それを口にするのは胸が痛い。

「家族だと言われても私……」

しどろもどろに答える杏奈の顔を、響は目を逸らさずまっすぐ見つめている。

「えっと」

杏奈は顔を逸らし、息を詰める。

「俺が遠いって言うが、杏奈の方が先に俺から離れ……いや、なんでもない」

響は熱のこもった声でなにか言いかけたが、すぐに口を閉じ小さく首を横に振っている。

「あ、あの、響君……」

杏奈はわけがわからずオロオロし、掴まれたままの手首を見つめ、後ずさる。

「あ、悪い」

杏奈の視線に気づき、響は慌てて杏奈の手を離した。

「大丈夫か？」

「平気」

杏奈は掴まれていた手をひらひらと振ってみせ、響を安心させる。

痛みもなく痕も残っていないとアピールしながらも、それが残念に思えて仕方がない。いざ手を離されると、もう少し響の体温を感じていたかったと寂しくなる。

おまけに子どもの頃よく手をつないでいた頃の記憶がよみがえり、どうしようもなく切ない。

「じゃあ、今度こそごゆっくり――」

杏奈は胸の痛みをごまかすように笑みを浮かべ、後ずさる。

「そういえば、俺を信頼して株を買ってくれた人がいるって言ってたな」

杏奈がトレーを手に取ろうとしたとき、再び響に呼び止められた。

「え？　うん」

響がそのことを気にかけるとは思わず、杏奈はいぶかしげに答えた。

「響君？」

「あ、いや……そ、それっていつの話だ？」

戸惑う杏奈に構わず、響は言葉を続ける。

副社長に就任した責任感もあり、株を買ってもらえたことがよほどうれしいのだろうか。杏奈は不思議に思いながら口を開いた。

「証券会社の部長さんが定年退職で、送別会があったの。そのとき隣にいた部下の男性が教えてくれて……総会が終わってすぐくらいだったかな」

今年も滞りなく株主総会が終わり、杏奈たち総務部の担当者だけでなく証券会社の面々もホッとしていた頃だ。

「退職される部長さんは念願のパン屋を始めるのが楽しみらしくて全然湿っぽくなかったの。だからとても盛り上がって、私もつい話し込んじゃった」

おまけに響の仕事ぶりを評価してキタオフーズの株式を購入した顧客がいたと聞いて、響のことが誇らしく話が弾んだのだ。

「あ、そうだ。その証券会社の男性、総会のときの響君を見て感動したって言ってたよ。新しい副社長が自分と同い年って聞いたときは、単なる親の七光りだろうって思ってたけど、壇上で堂々としている姿を見て自分も頑張ろうって思ったんだって」

三十三歳という仕事が充実している時期の男性にとって、あの日の響はとても刺激的だったようだ。

会場の後方の席に腰かけて静かに耳を傾けていた杏奈も、すでに副社長としてのオーラをまとう響に、終始見とれていた。

杏奈はあの日の響の凜々しい姿を思い出し、目を細めた。

「同い年の……男性？」

響の低い声が耳に入り、杏奈はハッと我に返る。株主総会での響を思い出すたびときめきぼんやりしてしまうのだ。

「送別会か。楽しかったみたいだな」

「え？　うん、すごく楽しかった。お世話になった部長さんでね、パン屋さんがオープンしたらみんなで行こうって言ってて、今からすごく楽しみなの」

株主総会の担当は心身ともに想像以上に大変で、チームの結束は固い。証券会社と信託銀行の担当者も含め、皆でオープンのお祝いに駆けつけようと話しているのだ。

「へえ、みんなで、楽しみね……」

響はコーヒーを飲みながら、ぱっとしない表情でつぶやいた。

「響君？」

「あ、いや……俺と同い年だっていう証券会社の男性も一緒に行くのか？」

響はわずかに視線を揺らし、杏奈に問いかける。

「うん、多分。日程が決まってないから、予定が合えば一緒に行くと思う……けど、それがどうかしたの？」

杏奈は響の質問の意図が掴めず、首をひねる。

「あ、響君のことを親の七光りだって言ってたこと、気に障った？　ごめんなさい。

だけど今は響君を目標にしてるらしいから悪く考えないでほしいの」

杏奈は慌てて付け加えながら、つい軽口を叩《たた》いてしまった自分を反省する。

「違うんだ。それは関係ない……そう言ってもらえるとうれしいが、俺が聞きたいのは……いや」

響は不意に視線を泳がせ、ひとつため息をついた。

どうやら男性から惚れ惚れしたと言われて照れたようだ。

自慢の幼なじみと言うのは馴れ馴れしいような気もするが、杏奈自身でさえ響が褒められてうれしかったのだ、当人である響の喜びはかなりのものだろう。

「なにか……仕事で困っていることはないのか？」

突然話題が変わり、杏奈は響に顔を向けた。

「仕事？　うん……とくになにも。あ、来月本社工場の見学会があるからそろそろ準備で忙しくなりそうだけど」

ふと今日部長から参加をすすめられたアイデア募集のことを思い出したが、響に直接関わりのない話で時間を取ってもらうのは申し訳なくて、口には出さなかった。

「それならいいが……だったら、最近は同期とかと飲みに行ったりしてるのか？」

脈絡のない話が続き、杏奈は首をかしげる。

「えっと、お酒に弱いから大抵は遠慮してる。真波……同僚の戸部真波とご飯を食べに行くくらいかな。でも真波は彼氏が最優先だから、真波の予定が空いているときだけど……」

「彼氏？」

響は不意に反応し、杏奈の顔を覗き込む。

「うん。真波は彼氏が大好きだから、私のことは後回し。私にも彼氏がいれば、一緒に遊んだりできるのかもしれないけど。あ……ごめんなさい。響君には興味ないよね」

杏奈はまた余計なことを口走ったと慌て、苦笑いする。響が杏奈の恋愛事情に興味があるとは思えない。

「じゃあ、今杏奈に彼氏はいないってこと――」

「杏奈、悪いけどこっちもお願いしてもいい？　あ、響君はゆっくりしていってね」

近くのテーブルを片付けていた母に声をかけられ、杏奈は慌てて振り返る。

「うん、すぐに片付けるね。じゃあ、響君ごゆっくり」

杏奈は普段と違う響の様子が気になったが、よほど疲れているのだろうと思い、その場を離れた。

「今日はもういいから、響と一緒に家に帰っていいぞ」

閉店間近になり、洸太は杏奈に声をかける。

店内には常連客数人が残っているだけで、彼らもそろそろ食事を終えるようだ。

「え、でも」

杏奈は口ごもる。

洸太の気遣いはありがたいが、閉店作業が残っている店のことが気にかかる。

それに疲れている響にわざわざ送ってもらうのが申し訳ないだけでなく、ふたりきりになるのはかなり気まずい。

残念だがこのまま店を手伝おうと、杏奈が決めたとき。

「じゃあ、車で家まで送るよ。洸太さん、ごちそう様」

響はそう言うが早いか、さっさと席を立った。


閑静な住宅街にある店から自宅まで、徒歩で五分程度、車だと一分だ。

杏奈はふたりきりの車内に緊張する時間もなく、あっという間に着いた自宅の前で響の車から降り、助手席のドアを開けたまま車内を覗き込んだ。

「疲れてるのに、わざわざ送ってくれてありがとう」

「遅いからさっさと家に入れ」

ハンドルに両肘を預け、響は杏奈に早く家に入るよう促す。

「うん、わかってる」

ふと外灯の薄明かりに照らされた響の顔色が悪く見え、杏奈は動きを止めた。やはり疲れているのだろう。

責任ある立場にいる響の多忙な日々を考えればそれも当然だ。

「週末はゆっくり休んでね」

心配する杏奈に、響は小さく肩をすくめる。

「それは無理だな。明日は午前中の便で北海道だ。契約農家さんをいくつか回って、小麦や野菜の生育具合を見てくるよ」

「北海道……」

予想以上にタイトな響のスケジュールに、杏奈は目を丸くする。

「忙しいのは仕方ないかもしれないけど、身体は大丈夫？　お休みはあるの……あ、ごめんなさい」

なにもわかっていない自分が響の仕事に口を出すべきではないとわかっているが、体調が気になりつい余計なことを言ってしまった。

杏奈は両手で口を押さえ、「ごめんなさい」と繰り返す。

「大丈夫だ。杏奈が心配する必要はない」

響は焦る杏奈にあっさりと答える。

「それどころか北海道はなにを食べてもおいしいしこの時期はラベンダーがピークだから楽しみなんだ。仕事を兼ねた気分転換。エネルギーチャージにはもってこいの出張だから心配はいらない」

「だったらいいけど……」

淡々と言葉を続ける響に、杏奈はぎこちなく頷いた。心配はいらないと繰り返し言われ、心が痛い。

とはいえ仕事の話になると、響の声は力強い。その言葉通り、仕事だとしても北海道を訪れるのが楽しみなのだろう。多忙なことに変わりはないが、ほんの少し安心する。

「杏奈も店の手伝いで疲れてるだろ。早く家に入ってゆっくり休め」

「私は別に……響君の方が。あ、でも、うん。帰るね」

響に少しでも早く帰って休んでもらうには、これ以上ぐずぐずしない方がいい。

「運転、気をつけてね」

杏奈は最後にひと声かけ車から離れると、周囲に気を使いながらドアを閉める。それでも小さく響いた音が、ひどく寂しく聞こえた。

すると助手席の窓がすっと下がり、杏奈は中を覗き込んだ。

「鍵をしっかりかけて、洸太さんたちが帰ってくるまで気をつけろよ」

「大丈夫。子どもじゃないから安心して」

いつまでも子ども扱いする響に、杏奈はため息をつく。響にとって杏奈は今も小さな女の子のままなのだろう。

「……だから心配なんだろ」

「え？」

「なんでもない。……いい加減早く家に入れ。近所迷惑だ」

「じゃあ、帰るね」

本当ならこのまま響の車を見送っていたいが、今も杏奈に家に入るよう視線で促している。

「相変わらず心配性……」

杏奈はあきらめ交じりにつぶやきながら、響に背を向け家のドアを開ける。

「おやすみなさい」

軽く手を振る響に手を振り返し、杏奈は家に入った。

玄関のドアが閉まってからしばらくすると、響の車が走り去る音が聞こえてくる。

早く帰って身体を休めてほしいと思う一方で、あっさり帰ってしまうとがっかりする。

それに加えて、店から歩いて五分程度の距離でさえ心配で送ってくれる響の優しさが、切なくてたまらない。

響にとって自分は、今も手のかかる妹のような存在だとだめ押しされた気分だ。

とっくに納得しているつもりでいたが、本音ではまだ受け入れていないのだと、気づかされる。

いつかはこういうことに慣れ、響を忘れられるのだろうか。

何度も自分に問いかけ今も答えが見つからない思いにため息をつきながら、杏奈は二階奥にある自分の部屋へと向かった。

「ふう」

平日の店の手伝いは、気心の知れた常連が多いとはいえやはり疲れる。

さっさとシャワーを浴びてしまおうと思いつつも、ソファに腰を下ろしたままなかなか動けずにいると。

「え？　電話？」

傍らのバッグの中から、スマホの着信音が聞こえてきた。

メッセージが届いたようだ。

響からかもしれないと思い、急いでスマホを取り出した。

「え……部長？」

期待とは違う名前が目に入り、杏奈は軽く肩を落とした。

考えてみれば、響は今もまだ運転中だ。連絡があるわけがない。

杏奈は気を取り直し、メッセージを開いた。

【勤務時間を過ぎているのに申し訳ない。今日のアイデア募集の件だが、相談があれば月曜日の午前中に時間を作るから声をかけてほしい。この週末もなにかあれば連絡をくれて構わない。頑張ってくれ】

「アイデア募集か」

杏奈は小さくため息をつく。

この件を忘れていたわけではないが、思いがけず響と顔を合わせてそれどころではなかった。

部長から参加を強く勧められて、とりあえず参加してみようと軽い気持ちで決めたが、これというアイデアが急に浮かんでくるわけもなく、頭の中は真っ白だ。

月曜日の締め切りまで二日しかないというのに、どこから手をつけてなにをどう考えればいいのかわからない。

とはいえ参加すると決めたのだ、採用されるとは思わないがとりあえずいいものができるように考えてみようと、杏奈は小さく頷いた。

「どうしようかな」

杏奈はスマホを置き立ち上がると、部屋の隅にある戸棚から初川の作品集を取り出した。誕生日に訪れた展示会で受け取ったものだ。

杏奈は作品集を手に取り、丁寧にページをめくっていく。

響からプレゼントされて以来、毎晩こうして眺めながら気持ちを整えるのが習慣になってしまった。

どのページを開いても明るく鮮やかなパステルカラーの花たちが目に飛び込んできて、見ているだけでワクワクする。

知っている花もあれば、初川のセンスで描いた架空の花もある。そのどれもが繊細でかわいらしい。中でも初川のテーマカラーのピンクやビタミンカラーのオレンジはかなり多く使われていて、気持ちが華やぎ力が湧いてくる。

おまけに上質で指触りのいい紙に触れていると、ざわつく心も次第に凪《な》いでいくから不思議だ。

杏奈にとって初川の絵はサプリに近い。心身を整えるため、日に一度は眺めたい大切な存在だ。

それこそ今日発表されたゼリーのようなものかもしれない。

「筋肉作りにはタンパク質。精神の安定には初川さんの絵。うん、悪くない」

杏奈はつい口をついて出た言葉に、まんざらでもない顔で笑う。

どちらも健全な身体作りに大いに役立つはずだ。

同時に摂取できればその効果は倍増し、心身ともに健康が手に入るかもしれない。

初川の絵にはそれだけのパワーがある。

「あ……だったら」

杏奈はハッと目を見開くと、真剣な眼差しで初川の絵をじっくり眺め続けた。

第二章　いつまでも届かない愛

　杏奈が高校二年生のとき、響がキタオフーズのチームリーダーに就任して初めて手がけた商品の発売イベントに招待された。

　その商品は、会社の売り上げの柱である料理の宅配に見守りシステムをプラスしたもの。

　それまでも家族の介護を担っている人たちの健康に配慮した料理の宅配を積極的に進めていたが、そのとき新たに発売されたのは、料理の宅配に加え、民間の子育て支援団体と手を組んだサービス。利用者に子育てによる孤独と疲弊を防ぐためのつながりを提供し、大人も子どもも健康的に過ごせるよう考えられた商品だった。

　杏奈は大好きな響の晴れの舞台に招待され、嬉々として会場のホテルを訪れた。

　壇上に立つ響の充実した表情は、とても誇らしげで堂々としていた。

　普段、杏奈に見せる王子様のような優しい雰囲気とは違った力強い魅力に溢れ、目が離せなかった。

　そのときの響の姿があまりにも印象的で忘れられず、キタオフーズに入社して響の役に立つ仕事がしたいと思うようになった。そしてその夢を叶えるために響の母校でもある難関大学で栄養学を学び、こつこつ努力を重ねた。

もちろんキタオフーズという業界トップの企業に入社するのは倍率も高く容易ではない。だが杏奈の気持ちは一度もぶれず、目標に向かって真面目に勉学に取り組み、採用試験では苦手な面接にも笑顔で臨んだ。

その結果、無事に内定を手にすることができた。

後日聞いた話では、社長の基は最終面接に残っている学生の履歴書の中に杏奈の名前を見つけ、言葉を失うほど驚いたらしい。杏奈が響にも話していないと知った基は、杏奈が後ろ盾に頼らず実力で入社したいのだと察し、肩入れせず公平に判断して杏奈の採用を決めたそうだ。

内定後、杏奈は目立たない場所に控えがちな自分の性格を考え、裏方として尽力するイメージが強い総務部への配属を希望した。そして運よく希望が通った。

配属直後は想像以上に本業との関わりが少なく、まるで金融業界に就職したかのような業務内容に戸惑ったが、入社三年目を迎えた今、副社長に就任した響が大切にしている会社を、陰から支えていきたいと考えている。

――だが人生はいつなにが起きるのかわからない。

まだまだ厳しい暑さが続く八月末の月曜日。杏奈は出勤した途端、興奮気味の部長から押しつけられるように渡された書類を手に、呆然《ぼうぜん》としていた。

「おめでとう、三園さん。あれだけ参加を渋っていたのに結局こうして結果を出すんだから、驚いたよ」

部長は我慢できないとばかりに弾んだ声をあげている。いつも冷静な部長が興奮する姿に、部内から驚きの目が向けられる。

「私も驚いています……というより、信じられません」

周囲の目が気になるが、それどころではない。あまりの驚きに杏奈の声は震えている。

「これは、あの……なにかの間違いじゃ」

杏奈は再び書類を読み返す。

それは先月末に締め切られたアイデア募集の審査結果だった。驚くことに杏奈のアイデアが最終審査に進んだとある。

何度読み返しても信じられず、助けを求めるように部長に目を向けた。

今すぐこれは冗談だと言ってほしい。

「もちろん間違いじゃないよ。三園さんのアイデアが評価されて最終審査に残ったんだ。本当におめでとう」

部長は目をうるませ感嘆の声をあげると、唐突に立ち上がり手を叩き始めた。すると背後からも拍手の音がして、最初はまばらだった拍手が次第に部屋全体に広がっていった。

「おめでとう」

「バックオフィス部門初の最終審査進出。すごいよ、最終も頑張れよ」

「なにか手伝えることがあれば言ってくれ」

「こうなったら最終審査も突破して絶対に採用を勝ち取ってくださいね」

振り返ると同僚たちが杏奈の快挙を喜び、拍手を送っている。

一カ月ほど前、杏奈は期限ギリギリにエントリーを終えた。企画内容に自信があるわけでも採用されると思っているわけでもなく、応募したという事実だけで満足だった。

その日以来エントリーしたことなどすっかり忘れ、結果を気にすることもなかった。だから不意打ちに近いこの状況を、どう受け止めればいいのかわからない。

これからいったいどうなるのか、不安ばかりが胸に込み上げてくる。

すると落ち着きを取り戻した部長が、朗らかな笑みを杏奈に向けた。

「三園さんの仕事なら問題なく振り分けるから、当面は最終審査に集中しなさい。滅多にないチャンスだから頑張ってほしいんだ」

「あの」

杏奈はためらいがちに口を開く。

「さっきから気になっているんですが、最終審査ってなんですか？」

手渡された書類にも杏奈のアイデアが最終審査に進んだとあるうえに、周囲からもその言葉が何度も飛び交っていたような気がする。

いったいどういう意味なのか、いまひとつピンとこない。

「は？　なに言ってるんだ？　最終審査で認められて、ようやく採用決定だって知らなかったのか？」

部長はいぶかしげに答え、杏奈を見つめる。

「は、はい……知らなくて。あの、どうすれば……」

「どうすればって、それはもちろん最終審査を突破して商品化を勝ち取るんだ」

まるで戦いを挑むかのような部長の力強い声に、杏奈はうろたえる。

思い返せばエントリーの期限が迫っていて、応募基準や審査方法についてはきちんと確認していなかった。とりあえずアイデアを考えなければと焦り、他に気が回らなかったのだ。

「そんな……」

人生はいつなにが起きるのかわからない。

杏奈は小さく肩を落とした。

午後に入り、早速最終審査に向けての打ち合わせに招集された杏奈は、広い会議室の最前列に座り目を丸くしていた。

今回選ばれたのは、新商品のアイデア部門の三案と、杏奈がエントリーした既存商品のリニューアル企画部門の二案。

杏奈がエントリーしたのは、リニューアル企画部門の中の新しい販売方法・売り出し方の提案だ。

本社以外で勤務している該当者には昨日までに連絡が届いていたらしく、わざわざ九州から参加している社員もいる。

「最終審査に残った企画はすべてレベルが高く、どれが商品化されてもおかしくないものばかりです。最終審査まで一週間と時間がない中ですが、商品開発部と宣伝部も協力を惜しみません。内容がよければ全案採用となりますので、他の案と競うのではなくブラッシュアップを意識して臨んでください」

響が目の前で話している。杏奈は瞬きも忘れ、その姿を見つめていた。

　会社で顔を合わせる機会はほとんどなく、ましてや仕事での関わりはゼロに近い響が、今こうして杏奈に語りかけている。正確には杏奈だけでなく、最終審査に残った五人に向けてだが、そんなことはどうでもよかった。

　まさかこういう形で響と仕事で関わるとは思わず、朝から続く混乱が収束する兆しは未だ見えない。

　午前中、杏奈以上に喜ぶ周囲の盛り上がりに気圧《けお》されながらも、最低限の引き継ぎを行った。これから一週間、関係部署の力を借りながら、最終審査に向けてアイデアの練り直しに集中するためだ。

　総務部一丸となってバックアップ体制を整えてくれる中、杏奈ひとりが状況に追いつけずにいる。

　そんな杏奈の不安など関係なく、これからサポートにつくメンバーの顔合わせが行われる予定だ。

　最終審査に残ったアイデアは、商品化できるかどうかを商品開発部や製造統括部、そして広報宣伝部とともに詳細を詰め練り直されたあと、最終審査にかけられるらしい。

事前にその流れを確認していなかった杏奈の不安は現在最高潮。オロオロしてばかりだ。おまけに会議室に足を踏み入れた途端、視界に響の姿が飛び込んできて、最終審査どころではない。

だが考えてみれば、商品開発部がサポートにつくのだ。担当役員として席を置く響が顔を出すのはもっともだ。

「じゃあ、早速各チームに分かれてこれからのスケジュールを確認してほしい。頑張ってください」

響は期待を込めた声でそう言うと、そばに控えていた商品開発部のメンバーに頷き足早に会議室を出ていった。別の仕事が入っているのだろう。

杏奈はその後ろ姿を目で追いかけた。

入社以来、響からの提案でふたりが知り合いであることは伏せている。次期後継者である響との関わりが周囲に知られると、杏奈の仕事に影響が出るかもしれないからだ。

唯一事情を知っている真波からは気にしすぎだと呆れられているが、ハイスペックで女性からの人気が高い響と親しいとなれば、必然的に杏奈も注目されるはずだ。目立つことが苦手な杏奈には、耐えられそうにない。

そんな杏奈の性格を理解している響は、社内で顔を合わせても軽く会釈を寄越す程度。今も、声をかけないのはもちろん目も合わさなかった。

響の優しさだとわかっているが、せめて今だけは笑顔のひとつくらい見せてほしかった。たったそれだけで、現実とは思えない状況にそわそわしている心が落ち着いたはずなのだ。

「……はあ」

杏奈はちらりと浮かんだわがままに、こっそりため息をついた。

響には響の立場があり、多くの仕事を抱えて時間に追われている。杏奈の都合で振り回し、足を引っ張るわけにはいかない。

社内では距離を置いた関係でいるべきなのだと、杏奈は自分に言い聞かせた。

「では、サポートにつく担当者を交えて各チームごとに今後のスケジュールを詰めてください。タイトな日程ですが、よろしくお願いします」

響に代わって前方に立つ女性の歯切れのいい声が部屋に響く。

指示を出しているのは商品開発部の課長である、甲田《こうだ》だ。背が高く顔立ちも整っていて、遠目からでも目を引きそうな華やかな雰囲気をまとっている。

おまけに響のあとを引き取り場をまとめているところを見ると、彼女は仕事もできるようだ。

「三園さん、今回はよろしく」

甲田のテキパキとした仕事ぶりを眺めていた杏奈は、背後から声をかけられ慌てて振り返る。

見覚えのない男性社員が、杏奈に人のいい笑顔を向けていた。

「お疲れ様。商品開発部の桐原《きりはら》です」

「あ、三園です」

杏奈は急いで立ち上がる。

「今回俺と、もうひとり製造部の部長が三園さんのサポートにつくことになったんだ。たった一週間だけど、採用を目指して頑張ろう」

「はい……あ、頑張ります」

桐原の力強い声に、杏奈はそれまで抱えていた緊張がわずかに解けたような気がした。

「俺、三園さんのアイデアが気に入って、今回手を挙げたんだ。だからこうして一緒に商品化に向けて動けることになって楽しみで仕方がないんだ」

「そんな……」

「なかなかいいアイデアだと思うよ。もっといいものになるように協力するから、気楽にいこうな」

「ありがとうございます」

なんの経験も実績もない自分が初めて考えたアイデアを温かい言葉で評価してもらえるなんて、ありがたい。

「よろしくお願いします」

杏奈は深々と頭を下げながら、ここにきてようやく自分のアイデアが最終審査に残ったことの重みを自覚し、とんでもない場所にいるのだと実感した。

キタオフーズには『スイーツキタオ』というベルギー産のチョコレートを使ったスイーツのシリーズがあり、中でも発売当初からの看板商品である板チョコは、味と品質ともに高い評価を受け好調な売れ行きが続いている。

スイーツキタオの板チョコには商品の形状やパッケージに目を引く加工や流行の装飾はなく、華やかさとは縁遠い。

『大切な人への感謝の気持ちを、飾りもなにもない板チョコとともにストレートに伝えよう』

だからこそ、そんなテーマのもと、キタオフーズ自慢の板チョコをバレンタインデーに合わせて集中販売するアイデアを思いついた。

『パッケージに使うイラストを人気のイラストレーターに依頼し、目にするだけで元気になれる、大人から子どもまで楽しめるチョコレートをコラボ販売する』

それが今回最終審査に残った杏奈のアイデアだ。

採用される可能性など微塵《みじん》も考えなかったからこそひらめいた無謀なアイデアなのだが、審査員からの講評欄には、法務担当としての視点を生かしリスクヘッジがしっかりと記載されていたことが評価されたというコメントがあった。

杏奈にそんな自覚はまったくない。バックオフィス部門全員参加というプレッシャーを背負い、ただ必死でアイデアを絞り出しただけなのだ。

とはいえ、結果的に最終審査に残っている。

別室に場所を移しての打ち合わせに臨みながら、杏奈は自分の仕事を後回しにしてまで力を貸してくれる桐原たちの足手まといにならないよう真摯に取り組まなければと、気を引きしめた。

「味は一年前の改良後、かなり評判がいいんです。だから味に関してはオリジナル一本でいくべきだと思います。人気商品で従来からのファンも多いので、その方が売り上げも期待できます」

杏奈の隣に座っている桐原が、タブレットを眺めながら話を進めている。

彼は入社以来スイーツキタオを担当しているそうだ。百八十センチを優に超えるスラリとしたスタイルに涼やかな切れ長の目、そして強い意志を感じさせる口もと。その見た目からは彼がスイーツ担当だと想像できないが、彼はこの五年で商品のラインナップを倍増させただけでなく、どれもヒットさせた優秀な開発担当だという。以前社内報で大きく紹介されていた彼の記事を思い出し、杏奈は真剣に話に耳を傾けていた。

「だったら製造部が引き受ける作業は今のところないのか？」

桐原の隣で黙々と資料を読み込んでいた恰幅《かっぷく》のいい男性が顔を上げ、杏奈たちに問いかける。

彼は製造統括部で統括部長を務める野尻《のじり》で、現在本社工場に籍を置いている。

ここ二十年以上もの間、各地の工場をまとめ上げてきたベテランだ。

スイーツキタオの製造ラインを長く担当していたことと、日程に余裕がないことからこの場に駆り出されたらしい。

筋肉質でがっちりとしている身体に反して表情は柔らかく、寡黙な職人という雰囲気だ。とはいえ長く責任ある立場で指揮を執っているからか、若手の杏奈たちにはない自信と余裕が感じられる。

「あ、すみません。ひとつ質問があるんですけど」

桐原が野尻に向かって軽く手を挙げる。

「板チョコを半分……もしくは三分の一程度にカットする場合、工場側での対応になにか問題はありますか？」

野尻はしばらく考えたあと「もちろんラインに変更を加える必要はあるが、問題というほどではないな」と落ち着いた声で答えた。

野尻が駆り出された理由はここにある。商品化できるかどうかを判断するには各部門の協力が不可欠で、製造が可能なのか、たとえ可能であっても工場側に余力があるのかどうか。そのあたりの判断を迅速《じんそく》に下してもらう必要があるからだ。

今も最終判断を下せる立場にいる野尻に答えを出してもらえたことで、話を次の段階に進められるのだ。

「だったら企画案にある、従来のサイズとは別に、小さな子どもでも持ちやすいサイズを用意するのも問題ありませんね？　子どもから親にあげてもいいですし、子ども同士でプレゼントをするのもかわいいと思うんです」

桐原はそう言いながら腰を上げ、長机の真ん中にタブレットを置いた。

「ざっと描いただけのデザインですみません。三園さんの企画案に希望イラストレーターの例として初川季世さんの名前があったので、参考がてらイラストをお借りしてイメージ画を作ってみました」

杏奈たちがタブレットを覗き込むと、パッケージにパステルカラーの花が使われている板チョコのイメージ画がいくつか並んでいた。

現在販売しているサイズ以外に小ぶりのものが何種類かある。それぞれデザインは違うが、すべて初川が描いた花のイラストだ。

「あの、この絵はいつ用意してくださったんですか？　今日発表されたばかりでこんなに早く準備できるなんて手際がいいですね」

今日の午前中に結果を知らされたばかりなのに、もう最終審査に向けたデザイン画ができている。桐原の段取りのよさに杏奈は驚いた。

桐原は一瞬戸惑いを見せたものの、すぐに表情を緩め口を開いた。

「うちと宣伝部には先週の初めに結果が知らされて、同時にサポートメンバーの募集があったんだよ。もちろん内々でね。とはいっても毎年のことだし、この流れは誰でも知っていると思うけど？」

「そうなんですね……」

ということは、今回の結果は先週にはもう決まっていたのだ。

なにもかもが初耳の杏奈は、自分の知識のなさに愕然とする。

「あ、バックオフィス部門には、こういう情報って届きにくいかもしれないな。それって俺たちが会社の株価とか資本金とかに疎《うと》いのと同じで」

肩を落とす杏奈に慌てたのか、桐原が言葉を続ける。

「俺なんて商品知識はあっても社長の名前すら忘れがちだからな。まあ、同じ会社にいたって仕事が違えば入ってくる情報も違うし、気にしなくていいよ。で、ちなみにうちの株価っていくらなんだ？」

桐原が、問いかける。

「昨日の終値が二千八百五十円です。年初来最高値でした」

淀《よど》みなく答える杏奈に、桐原は目を見開いた。

「さすが、打てば響くように返ってくるんだな。それくらい俺も知っておくべきだってわかってるけど、仕事でとくに必要でもないし意識したこともない。だめだよなー」

桐原は明るい表情ながらもわずかに自嘲《じちょう》を交えた声でそう言って、肩をすくめた。

「仕方がないです。私は株主対応も仕事のひとつなので、毎日確認するのが日課になっているだけですから」

もしも配属先が違えば、株価チェックなどしていなかっただろう。仕事上必要だからで、〝さすが〟と言われるほどの知識でもない。

「そうだよな。俺たちが会社の経営数字に触れる機会が少ないのと同じで、三園さんが今回のアイデア募集の流れを知らなくても当然。さっきは誰でも知ってるなんて言って申し訳ない」

桐原は杏奈に向き直り、頭を下げる。

「いえ、いいんです。私が勉強不足なので、気にしないでください」

なにも知らなかったというのは単なる勉強不足。反省するべきだ。

「じゃあ、そろそろ打ち合わせを進めようか」

それまで静かに話を聞いていた野尻がおもむろに口を開いた。

「あ、すみません」

自分のせいで話が逸れてしまい、杏奈は慌ててタブレットに視線を戻した。

「この初川さんのデザイン、実は娘も好きでね。三園さんのアイデアが採用されて、初川さんもオファーを受けてくれるといいなと思ってる。娘に自慢できるだろ？」

野尻は口もとを緩め、つぶやいた。娘を思い出しているのか声も甘い。

「そうなんですね」

それまであまり人となりが見えなかった野尻の意外な素顔に、杏奈はつい笑みを漏らす。

「じゃあ、バレンタインに娘さんから初川さんデザインのチョコをもらえるといいですね。俺も早く結婚して、娘からもらいたい」

桐原の陽気な声に、杏奈たちも笑い声をあげる。

「よし、野尻部長のためにも話を進めよう。まずはチョコのサイズとパッケージデザインのパターンから考えるか」

それまでの軽やかな調子から一転、桐原はすっと笑みを消しタブレットに視線を向けた。

その素早い変化に杏奈はまごついた。

「やっぱりパステルカラーは外せないな。子どもが喜びそうな色とイラストがいい。店頭で思わず手に取るような。とっかかりはそれでも買えば納得のおいしさだし全種類買っても後悔するなんてあり得ない。三園さんもそう思うだろ？」

「あ……あの」

杏奈は口ごもる。仕事モードに切り替わった桐原の横で、自分ひとりが取り残されたようだ。

「それにしてもワクワクする。初川さんが引き受けてくれたら話題になるよな」

桐原は声を弾ませ笑みを浮かべている。

本来の仕事を後回しにしてまでこうしてサポートしてくれる桐原に、そしてもちろん野尻にも、杏奈は感謝の気持ちで胸がいっぱいになる。

同時に、これは自分ひとりの問題ではなく、会社の今後にも影響するかもしれない一大事なのだとひしひしと感じた。

「私、全力で頑張ります。いいものができるようによろしくお願いします」

杏奈は思わず立ち上がり、深く腰を折る。

畑違いの場所にいきなり放り込まれてわからないことばかりだが、それを理由に手を抜くわけにはいかない。

「固くなるなよ。いいアイデアも浮かばなくなるぞ。ほら、座って」

桐原はクスクス笑い、杏奈の前にタブレットを差し出した。

「まずはリラックスリラックス。初川さんのイラストを見て肩の力を抜いて。だけど本当、いいよな初川季世」

「はい、大好きです。初川さんの絵」

杏奈はしみじみとつぶやき、言われた通り肩の力を抜いて椅子に腰を下ろした。

まだまだ緊張は抜けないものの、ふたりから積極的な思いを伝えられたことで、一緒に頑張ってみたいという前向きな気持ちが次第に大きくなっていく。

最終審査に向けてどこから手をつければいいのかと不安でたまらなかったが、ふたりの力を借りれば乗り越えられるような気もした。

そのとき、ノックの音とともにドアが勢いよく開いた。

「失礼します。野尻部長はいらっしゃいますか？」

キビキビとした声とともに入ってきたのは、さっきまで杏奈たちに指示を与えていた甲田だ。

「野尻部長、すみません。相談に乗っていただきたい案があるんです。お時間いただけませんか？」

甲田はつかつかと部屋に入ってくると、杏奈たちには目もくれず野尻に話しかける。

「今？」

野尻の問いに、甲田は軽く頷いた。

「新商品の提案部門の方で製造部の意見が必要なんです。よろしいでしょうか？」

丁寧な言葉で野尻に頼んでいるが、甲田の声はどこか威圧的で断られるとは考えていないようだ。

「新商品の部門なら明後日工場に来てもらって話を詰める予定なんだが。急ぎなのか？」

野尻は甲田の押しの強さに慌てることなく静かに問いかける。

「明後日の話は承知していますが、準備のためにお話を伺いたいようです。ぜひ、お願います」

「わかった。少し顔を出すよ」

野尻はゆっくりと腰を上げた。

「三園さん、申し訳ないけど少し席を外すよ。あとで話を聞かせてもらうから、ふたりで進めておいてくれ」

「わかりました」

さすが製造部のトップ。彼を頼りにしている人は多いのだろう。できればこのまま残ってほしいが、そうもいかないようだ。

「ありがとうございます。ひとまず隣の部屋にお願いします」

野尻が立ち上がるや否や、甲田は素早く部屋のドアを開き追い立てた。

たしかに最終審査まで一週間しかないが、それほど急ぎの判断が必要なのだろうか。

杏奈は採用を目指す各々の意気込みを感じ、自分ものんびりしていられないと気を引きしめた。

「三園さんだったわよね」

「あ、はい」

突然甲田に呼びかけられ、杏奈は慌てて立ち上がる。ドア口に立つ彼女の表情は険しく、気のせいか睨みつけられているようにも見える。

「さっき聞こえたけど、やっぱり初川季世さんにパッケージのイラストを依頼するの？」

「あ、はい。最終審査に通って商品化が決まれば依頼させてもらうつもりです」

「そう。本気で進めるつもりだったなんて、驚いたわ」

甲田は呆れた声でそう言って、肩をすくめた。

杏奈はその言葉が理解できず、思わず甲田を見つめ返す。

「あの……なにか問題でもあるんでしょうか？」

「は？　わかってないの？」

甲田の苛《いら》立《だ》ち交じりの鋭い声に、杏奈はたじろいだ。

彼女と言葉を交わすのは今日が初めてのはずだが、気づかないところで気に障るようなことでもしたのだろうか。

さっきも桐原から、自分は誰もが知る会社の慣習や不文律に無知だと気づかされたばかりだ。

甲田にも無知ゆえの浅はかさでなにかしでかしたのだろうかと、不安を覚えた。

「あの……」

心当たりはないが、このまま聞き流すのはまずいだろう。知らないことがあれば聞いた方がいいと言われたことを思い出し、杏奈は気まずげに口を開く。

「言い訳にしかなりませんが、勉強不足で知らないことばかりなんです。できれば具体的に教えていただけないでしょうか」

「呆れた。今頃なにを言ってるの」

甲田は馬鹿にした笑みを浮かべ、大げさな仕草でため息をつく。

「ねえ、勉強不足だとわかっていて最終審査に臨もうと思ってるの？」

「あ、あの。はい……」

やけに高圧的な甲田の言葉に杏奈はうろたえる。まるで責められているようだ。

「上層部が審査にあたるほどの大がかりなイベントなの。勉強不足で知識もないなら足を引っ張るだけ。さっさと辞退するべきよ」

続くぴしゃりとした声に、杏奈は思わず息をのんだ。

見ると甲田の口もとは歪み、明らかに苛立っている。

よほど場違いな質問をしてしまったのだろうかと、杏奈はたじろいだ。

「甲田課長、三園さんのアイデアになにか問題があるんですか？」

張りつめた空気の中、桐原のあっけらかんとした声が響いた。

そのタイミングで杏奈は詰めていた息をそっと吐き出した。

「三園さんの企画案はアイデアもそうですが、法務担当らしくリスクヘッジがしっかりしていて具体的。それに対象年齢が広いので売り上げも期待ができるという理由で評価が高かったと聞いています。今日の午前中副社長と話したときにはなにもおっしゃっていなかったですが、そのあと問題点が見つかったんですか？　だったらこちらとも共有してください」

にこやかな笑みを浮かべ問いかける桐原を、杏奈はヒヤヒヤしながら見つめる。

「は……？　いきなりなんの話？」

話の腰を折られ、甲田は眉を寄せる。

「突然すみません。ただ」

桐原はいったん話を区切り、人がよさそうな笑顔を甲田に向けた。

「甲田課長は副社長と同期で話す機会が多いし頼りにされていますよね。だから直接なにか聞いているかもしれないと思ったんです。それにここ数日、三園さんのアイデアを気にかけていらしたので、アドバイスがあれば聞きたいなと思いまして」

響の名前を耳にし、杏奈はドキリとする。

今の桐原の話によると、甲田は響の同期で信頼も厚いようだ。

「そうね、北尾君とは同期だしもちろん仲もいいわよ。よく話すしね」

甲田はそれまでの厳しい表情を崩し、まんざらでもない顔で答える。

次期後継者の響からの信頼が厚いと言われれば、たしかに悪い気はしないはずだ。

「ですよね。羨ましいです」

しみじみつぶやく桐原に甲田は顔をほころばせる。

「そう？　同期で付き合いは長いから、わかり合ってる部分は多いかもしれないわね」

響とは特別な間柄だと暗に伝えるかのように、甲田は得意げに答えている。

やはり響には甲田のように仕事ができて有能な人材が必要なのだろう。多少強引なところはありそうだが、仕事をするうえではそれも武器のひとつになるのかもしれない。

それだけじゃない。

響のために陰から会社を支えられればと思い入社したが、響との立場の違いを思い知らされ、支えるどころかふたりの距離は広がるばかりだった。

今さら響のためになにかできるとは思えないが、わずかでも響と仕事で関われる機会に恵まれたのだ。中途半端に放棄してがっかりされたくない。

いずれ響への想いに区切りをつけなければならないのなら、最後に響に認めてもらってその日を迎えたい。

なにより杏奈のために力を貸してくれるという桐原たちとの縁を無駄にせず、悔いなく最終審査に臨みたい。

だから、辞退したくないのだ。

杏奈はすっと顔を上げ、桐原に向き直った。

「私、辞退したくありません。採用される可能性が低くても、最後まで力を尽くしたいです。残念な結果に終わるかもしれませんが、力を貸してください。お願いします」

杏奈の切迫した声に、桐原はぽかんとする。

「え……なにを言ってる？　力を貸すっていうより、楽しませてもらうつもりだから心配無用」

桐原は安心させるように語りかけ、杏奈の顔を覗き込んだ。

「落ち込む必要はないから。まあ、あの上から目線のきつい言い方じゃ、誰でもかなりのダメージを受けそうだけどな」

桐原はやれやれとばかりに苦笑する。

「だけど、三園さんに商品開発の経験がないって知っていてのあの言い方。いつも以上に辛辣《しんらつ》だったな」

桐原は思い返すようにつぶやいた。

「まあ普段から感情の起伏が激しいけど、今日は朝からイライラしていてひどかったんだよな。理由はあれだな、副社長の見合い」

桐原はそう言って、面倒くさそうに肩をすくめる。

響の話題が飛び出し、杏奈はぴくりとする。

「副社長の、見合い？」

「そう、今回は元大臣の娘、いや弁護士一家に生まれたやり手の国際弁護士だったかな。セレブな女性が相手だって聞いたけど」

桐原はくすりと笑い声を漏らす。

「どっちにしても副社長の見合い相手として文句なしの家柄だな。それにしても次から次へと見合いの話が持ち込まれて、副社長は大人気だな」

「次から次へと……」

杏奈は思わずつぶやいた。

「ん？　やっぱ三園さんも副社長のファンだったりする？」

桐原は杏奈にからかうような目を向ける。

「い、いいえ、そういうわけじゃ」

杏奈は慌てて首を横に振る。響とのつながりがばれるわけにはいかない。

総務部の杏奈が最終審査に残ったことは異例中の異例で、かなりの話題になっているると真波からメッセージが届いていた。響とのつながりがばれて妙な憶測が広まるのは絶対に避けたい。

「副社長のことは、私は別に……な、なにも」

「いいって、ごまかさなくて」

明らかに動揺している杏奈に、桐原は微笑《ほほえ》みかける。

「俺も副社長のファンだから、三園さんの気持ちはわかるよ。大企業の跡継ぎっていう半端ないプレッシャーを跳ね返して結果を出し続けるってかっこいいよな。だから三園さんが憧れるのは当然」

「憧れ……そ、そうですね。憧れ、です」

杏奈はホッと息をつく。どうやら響への想いやつながりは、気づかれていないようだ。

万が一にもばれて、杏奈のアイデアが最終審査に残ったのは響の後押しがあったからだと誤解されるのはまずい。響への評価が下がってしまうかもしれないからだ。

「あれほどのハイスペックな人だから見合いの話が途切れないのは納得だけど、甲田課長はそれが気に入らないんだろうな。今日も副社長にまた見合い話が持ち込まれたって秘書がぽろっと口を滑らせるから……甲田課長はあっという間にご機嫌ななめ」

桐原は呆れた声でそう言って、杏奈に顔を向けた。

「だから甲田課長のことは気にしなくていい。さっきのは単なる八つ当たり」

「八つ当たり？」

杏奈は小さく首をかしげる。

「甲田課長は副社長と親しいことが自慢なんだよ。いずれ恋人に昇格したいみたいだけど、それは難しいだろうな。副社長は仕事一筋で浮いた話なんて聞いたことないし、今は結婚する気がないからお見合いの話は全部断ってるってもっぱらの噂。いっそ適当な相手と結婚すれば楽になるのに、そんな逃げ道すら作らない。それってかっこいいよな」

「あ、はい。そうですね」

桐原の語気の強さにつられて笑みを返すものの、これまで知らなかった響の一面に、杏奈の心はひどくざわついている。

響が社内の女性に人気があるのはもちろん知っていたが、甲田を筆頭にまさかここまで注目されているとは思わなかった。

見合いの話にしても、杏奈の想像よりもかなり多くの話が持ち込まれているようだ。今の響は、父親以上の経営者になるため仕事が最優先でプライベートは二の次。結婚はまだ考えていないという響の言葉にすがり安心していたが、そうも言っていられないかもしれない。

客観的に考えてみても、仕事で適度なキャリアを積み、三十三歳になった今、結婚するにはちょうどいい時期だ。響が周囲からのすすめに応じて、今日明日にでも結婚を決めるとしてもおかしくない。

「というわけだから甲田課長のことは気にしなくていいし、たとえ三園さんが怖《お》じ気づいて辞退するって言い出しても、俺が認めない。覚悟しろよ」

場の空気を変える桐原の明るい声に、杏奈はそうだったと思い直す。

響のことでどれだけ悩んでも、いずれあきらめなければならない事実は変わらない。

だから今すべきなのは悩むことではなく、最終審査に向けて全力で取り組むこと。

杏奈は落ちていた気持ちに活を入れ、再びタブレットに表示された初川のイラストを眺めた。

「大丈夫です。辞退なんてしません。覚悟もしてます。だけど、採用される見込みは少ないとも思ってます」

自ら提案しておきながらそう言うより他ないのが悔しいが、それが現実だ。

杏奈は安易な提案をしてしまった自分が情けなくて、がっくり肩を落とした。

「最終審査に合格して商品化が決まっても、初川さんが引き受けてくれる保証はないですし。そうなったら他のイラストレーターにお願いするしか……どうしよう、他の方にも断られたら。やっぱり無謀なアイデアですよね」

「そうとも限らないんだよな」

落ち込む杏奈とは逆に、桐原は自信ありげに笑っている。

「俺がただ面白そうだからってだけで、サポートにつくと思うか?」

期待交じりに桐原は尋ねる。

「どんなに面白そうな案件でも、勝算がなければ飛び込まないってこと。初川さんの件、あきらめる必要はないと思う」

「え、本当ですか？」

驚く杏奈に、桐原は「ふふん」と自信ありげに笑ってみせる。

「でも、そうだな。ひとまずこれを詰めないか？　野尻部長が戻ってくるまでにまとめた方がいいだろ」

桐原はそう言い終えるなり表情を変え、タブレットと資料を手に取った。あっという間に仕事モードのスイッチが入ったようだ。

「あ、あの……」

桐原の相変わらずの切り替えの速さについていけず、杏奈はオロオロする。

すると桐原は持参していた分厚い冊子を杏奈の前に差し出した。

「これ、ラッピング用のリボンの見本。パッケージの色との相性を考えた試作品を発注するから、まずは手触りとか光沢とか、三園さんの好みでいくつか選んで」

「は、はい、わかりました」

杏奈は即座に作業に取りかかる。

初めて手にする見本帳は、どのページも色鮮やかで興味深い。おまけに何百種類もありそうな大量の見本に目が奪われて、何度も作業の手を止めてしまう。

「私の好みって言われても……どれもかわいいし」

杏奈はこれまでとは毛色が違う仕事に戸惑うものの、それ以上にワクワクしている自分に気づく。

やはり辞退は考えられない。

最終審査までの一週間、全力で向き合いたいと改めて感じていた。

プロジェクトの初日を終えた杏奈は、緊張が解けないまま会社をあとにした。

駅まで遠回りになるが、会社から少し離れた静かな通りに出てひとり歩いていると、最終審査に進んだ実感がじわじわと湧いてきて、心臓の音も次第に大きくなっていく。

ストレスや悩みがあるといつもこの通りをひとりで歩いて気持ちを落ち着かせるのだが、今日はまだまだ時間がかかりそうだ。

杏奈は立ち止まり、暴れ続ける心臓をなだめようと深呼吸する。

「頑張らなきゃ」

今日一日で、桐原や野尻が真剣に杏奈の企画に向き合い、力を尽くそうとしてくれているのがわかった。その思いに応え、結果を出すために頑張らなければならない。

「頑張ろう」

もう一度その言葉を口にしてみるが、心臓が落ち着く気配はない。

トクトクと音を立て続け、さらに不安をかき立てている。

「杏奈」

不意に名前を呼ぶ声が聞こえ、慌てて振り返った。

「……どうして？」

杏奈は通りの向こうからやってくる響の姿が目に入り、息を止めた。

ここは会社からも駅からも離れていて、同僚たちと顔を合わせることはまずない。

響も副社長に就任してからは専属の社用車が与えられていて、ここに現れるなどあり得ないのに。

「やっぱり、今にも泣きだしそうな顔をしているな」

響は杏奈の目の前に立つなり苦笑する。

「泣きだしそう……って、そんなことない……え、でも、響君どうしてここに？」

杏奈は突然現れた響の姿にオロオロする。

「車で家まで送っていくよ」

「送っていくって、それはやめておいた方がいいよ。社用車になんて乗れない」

杏奈は混乱しつつもしっかりと断り、首を何度も横に振る。

仕事の一環として同乗するならまだしも、完全なるプライベートだ。乗るわけにはいかない。

「やっぱり慎重で真面目だな」

杏奈の頑なな反応に、響は肩をすくめて小さく笑い声をあげた。

「安心しろ。俺だって社用車を私用で使うつもりはない。今日は俺の車。まだ仕事が残ってるから、なにも言わずに送らせてくれ」

響は一方的にそう言って杏奈の腕を掴むと、足早に歩き始めた。

「え、響君?」

杏奈は引きずられるように歩きながら、さらに心臓がばくばく暴れだしたのを感じていた。

「最終審査、大丈夫かな」

車が走りだした途端、弱音が口をついて出てしまい、杏奈はさらに大きなプレッシャーが胸に広がるのを感じた。

桐原たちといるときはとにかく頑張ろうと自身を鼓舞《こぶ》し続けていたが、響の顔を見て気が緩んだのか、心の奥に隠した後ろ向きな気持ちが顔を出したようだ。

「弱気だな。桐原がサポートについてるなら心配ない」

　響は事務的で冷静な口調で杏奈に声をかける。

　響が運転しているのは、車に興味がない杏奈でも知っている有名な高級車だ。先週納車されたばかりの新車らしく、総革張りの車内は新車特有の香りが漂い、濃紺のボディは艶《つや》やかに輝いている。

　今日は響専属の運転手に孫が生まれたので休みを取ってもらったらしく、自身の車で出勤したそうだ。

　滅多に立ち入ることのない会社の地下駐車場を響のあとに続いて歩いているときは、誰かに見られたらとヒヤヒヤしたが、幸いにも誰にも会わずに車に乗り込むことができた。

　杏奈は助手席に腰を下ろしてホッとしたのも束の間、ふたりきりの車内に緊張しながら、ちらちらと運転席の響に視線を向けた。

「桐原は商品知識にも販売戦略にも長けてるし、悪いようにはしないはずだ」

　杏奈の不安を払拭する響の畳みかけるような声に、杏奈はこくりと頷いた。

「そうだよね。今日一日だけでも仕事ができる人だってわかったし。もちろん野尻部長も」

気持ちを整理するように、杏奈は答えた。

「野尻部長は当然として、桐原も仕事の評価は高いから、胸を借りるつもりで頑張ってみろ。勉強になるはずだ」

「胸を借りる……そうだね」

ひとりきりで最終審査に臨むわけじゃない。心強い援軍の力があってこそのチャレンジだ。

わかっているつもりでいた大切なことに気づき、杏奈はほんの少し不安が和らいだような気がした。

「少しは落ち着いたか？」

響は杏奈の自宅に向かって車を走らせながら、静かに問いかける。

「今日の打ち合わせに現れたときよりは、顔色はよさそうだが」

「え……」

杏奈はハッと響を見る。

打ち合わせのとき、響と視線が合った記憶はないが、杏奈の顔色が悪いと気づいていたようだ。

「今にも逃げ出すんじゃないかとヒヤヒヤしたよ」

「う、うん……」

呆れ交じりに淡々と話す横顔からは相変わらず感情が読めないが、今こうして響の車に乗っている。それが答えなのかもしれない。

「ひとり心細そうにしてるから、こっそり覗きに来てた社長もオロオロしてた」

「あのときは……まさか最終に残るとは思ってなかったから驚いて。今まで私みたいに本業に関わりのない部署の社員が最終審査に残ったことはないって聞いていたから」

だからこそ気楽に企画を考え、参加したのだ。

「たしかにそうだな。今回も審査が終わって、発案者の所属や名前が知らされたときは、部屋全体がざわついたくらいだ。まさか商品開発とは縁がない総務部の社員の企画だとは思わなかったし、今まで板チョコに注目した社員はいなかったからな」

「え……それって、審査のときは発案者の名前を伏せてるってこと？」

杏奈はふと疑問に思い、尋ねた。

「もちろん。審査に先入観や無意識だとしても妙な肩入れがあったらまずいからな。そのあたりのことは募集要項に書いてあるはずだが、知らなかったのか？」

「……うん。確認不足でごめんなさい」

杏奈は反省し、肩を落とした。

　これでは甲田から足を引っ張るくらいなら辞退するべきだと言われるのも当然だ。

「どうした？　まさか俺が杏奈のアイデアを残すために不正でもしたと思っていたのか？」

「そんなことは……ないって言いたいけど、もしかしたら心のどこかで思ってたかも。だってまさか私の企画が残るとは思わなかったし、甲田課長からも辞退し……ううん、それは関係ない。勉強不足な自分が情けないだけ」

「甲田？」

　響はその名前に敏感に反応し、眉を寄せる。

「ううん。大したことじゃないの。ちょっとアドバイスをくれただけ。それに甲田課長が言うことは正論で間違ってないから」

「なにを言われたんだ？」

　響は前方に視線を向けたまま、再び問いかける。普段の響からは考えられない厳しい表情に、杏奈は息をのむ。

「甲田は今回の最終審査で杏奈のチームとはとくに関わりがないはずだ」

　よほど気になるのか、響は口をつぐみ考え込む。

「えっと……響君？」

「いや、いいんだ。ひとまず家まで送る」

「うん、わかった……」

杏奈は素直に頷きながらも、響がどうして甲田の名前を聞いた途端に顔色を変えたのかがわからず、気になって仕方がなかった。

夜の大通りは空いていて、杏奈の自宅まで三十分ほどで着きそうだ。杏奈は助手席の背に身体を預け、流れる景色を眺めていた。

「今日一日色々あって疲れただろ」

黙り込む杏奈に、響が話しかける。

「平気。色々ありすぎて、逆に疲れる暇もなかったから」

杏奈は明るい声を意識し、答えた。

普段会社では視線を合わせることも話すこともなく、公私ともに距離を置く響がこうして家まで送ってくれている。よっぽど杏奈を心配しているのだろう。

会社を出る杏奈を見かけて、仕事が残っているのにわざわざ追いかけてきてくれたのがその証拠だ。

おかげで気持ちが落ち着き、いつもなら響との立場の違いを意識して距離を取るのだが、今は昔のように素直に話せている。

「杏奈」

大通りを右折し杏奈の自宅が近付いたとき、響の声が車内に静かに響いた。

「これから、しばらくふたりで会えないな。といっても、ここ最近はふたりで会う機会はなかったけどな」

苦笑交じりの響の声に、杏奈は顔を向けた。

せっかく昔のように話せているが、それは今回限りのことなのだろうか。

「えっと、また出張?」

「いや、今週は出張の予定はない」

「そうなんだ。だったらどうして……あ、まさか」

杏奈は今日耳にした響の見合いの話を思い出した。

国際弁護士だっただろうか、家柄のいい女性との見合い話が持ち込まれていると、桐原が話していた。おまけにそれが甲田のイライラの原因だとも聞いている。

いよいよ結婚する気になったのだろうか。だから会えないのかもしれない。

たとえ妹のような存在だとはいえ、杏奈は女性だ。ふたりきりで会うなど見合い相手にしてみればいい気分ではないだろう。

「そっか……」

覚悟していたとはいえ、響から完全に離れなければならない日がきたのかもしれず、杏奈は目の前が真っ暗になった気がした。

「最終審査が終わるまで、杏奈の力になれないが、頑張れよ」

膝に置いた手をじっと見つめていた杏奈に、響が静かに話しかける。

杏奈はハッと顔を上げる。

「今、審査が終わるまでって言った？」

「ああ。本当は、今日も会うべきじゃなかった。審査を引き受けている立場にあるのに、褒められた話じゃない」

自嘲気味につぶやく響の言葉に、杏奈は気づく。

「そっか……審査する立場の響君が候補者の私と会ってるなんてまずいよね」

周囲に知られて忖度《そんたく》や贔屓《ひいき》があると誤解されるからだ。

「だから杏奈がどんな状況になったとしても、俺はいっさい関知しない」

普段会社で見聞きする響のビジネスライクな表情と声が、静かな車内に響いた。

「わかりました。副社長」

杏奈も助手席で姿勢を正し、真摯に答える。

響が自身の立場に目をつぶってまでわざわざ杏奈のために時間を作って会いに来てくれたのだ。杏奈はその思いに応えるためにも最終審査に向けて力を尽くさなければと、気持ちを新たにした。

「ひとつだけ言っておく」

響は改まった声で言葉を続けた。

「俺は、杏奈の企画が最終に残ったと知って、たしかに驚いたが、それ以上にうれしかったし、誇らしかった」

「あ、ありがとう」

まさかそんな風に思ってもらえていたとは思わず、杏奈は言葉を詰まらせた。

「さっきも言ったが、あの募集は最後まで発案者の名前を伏せて審査が進む。特定の力も忖度も肩入れも通用しない完全に公平な審査。だからこの先、もしも俺と杏奈の関係が社内に知られたとしても、杏奈は正々堂々としていろ。誰にも頼らず自分自身の力だけで審査を通過したと胸を張っていい」

もしかしたら、響はこのことを伝えたかったのかもしれない。

杏奈は目の奥が熱くなるのを感じながら、大きく頷いた。

「あ、そのデータ、こっちに送ってほしい」

「はい、今数字を更新したので最新のデータを送りますね」

二十一時を過ぎても、商品開発部奥の作業ルームには杏奈と桐原の声が響いていた。

最終審査に向けてふたりで企画を練り直し始めてから三日、連日この調子だ。

五日後の最終審査に提出する企画書作りは予想以上に順調だとはいえ、売上予測や利益率、他社との競合状況のチェックなど、提出が指定されている資料を用意するのはかなり骨が折れる。

「広告活動のことは俺に任せて。うちって商品開発と並行してCMや広告についてもイメージを用意することになってるから、慣れてるんだ」

杏奈の隣でパソコンに視線を向けながら、桐原が頼りがいのある声で話している。

桐原は今日の日中、本業である商品開発でどうしても顔を出さなければならない打ち合わせがあり、恐縮しながら杏奈に作業を任せていた。

それをかなり気にしていて、終業後はプロジェクトの仕事にかかりきり。今も杏奈の負担を少しでも減らそうと、休みなく作業を進めている。

「じゃあ、私は初川さん以外のイラストレーターさんのリストを用意しますね。何人か素敵なイラストを描く方をピックアップしてるので――」

「それも俺が引き受けるよ。昼間手がかかる資料を作ってくれたから疲れてるだろ?」

桐原はそう言って作業の手を止め、椅子の上で身体を伸ばした。

「もう遅いし帰った方がいい」

「大丈夫ですよ。資料を作るのは慣れてますから。それにこの程度の残業は何度も経験してるので心配いりません」

杏奈は手もとのカタログを整理しながら、にっこりと笑う。

「毎年株主総会前は終電近い時間まで残業なんです。法律に沿った準備を完璧にしないと成立しない、プレッシャーばかりのイベントなので、毎年その時期は軽く三キロは痩せちゃいます」

「え、そうなんだ。株主総会って縁遠いというか、いつやってるのかもピンとこない……って、ごめん。三園さんが一生懸命準備してるのに」

桐原は慌てて頭を下げる。

「いえ、そんなものですよね。総務部って縁の下の力持ちそのものなので。だからクリエイティブな仕事には慣れてなくて。私の方こそ桐原さんの足を引っ張っているかもしれないって心配です」

総務部での仕事は年間を通してのルーティン作業が多く、商品開発部のような創造的な業務は少ない。不慣れなテリトリーの仕事に足を踏み入れてあたふたしてばかりで、桐原に足手まといだと思われていないかとヒヤヒヤしているのだ。

「もしも私がいない方が集中できそうなら、別の場所で作業を進めますから言ってくださいね。足手まといかもしれませんが、桐原さんをひとり置いては帰れません」

杏奈は遠慮がちにそう言って、桐原にぎこちない笑みを向ける。

先に帰った方が桐原の仕事がはかどるかもしれないが、杏奈自身の企画を桐原に丸投げなどできるわけがない。せめて桐原が作業を終えるまでは残るべきだ。

すると杏奈の言葉に耳を傾けていた桐原が「なんだよ、それ。ぐっとくるだろ」と力なくつぶやき天井を見上げた。

「桐原さん?」

なにか気に障ることでも言っただろうかと、杏奈は慌てた。

すると桐原は気を取り直したように姿勢を正し、椅子ごと杏奈に近付いた。

「あ、あの?」

目の前に桐原の神妙な顔が近付き、杏奈は首をかしげる。

そのときふと桐原の目が少しくぼんでいるのに気づいた。やはり疲れているようだ。

「桐原さん、疲れているみたいなので今日はもう帰った方がいいと——」

「俺は三園さんにいてほしいって思ってる」

杏奈の言葉を遮り桐原は力強い声でそう言うと、まっすぐ杏奈を見つめた。

「足手まといなんかじゃないし、俺は三園さんと一緒に最終審査まで頑張りたい」

「あ……ありがとうございます」

桐原の真剣な眼差しと声に、杏奈はホッと胸を撫《な》で下ろす。

「私も桐原さんの力をお借りして、最終審査に臨みたいと思ってます」

桐原に負けず、杏奈も気合いを込めた力強い声で答えた。

「正直に言うと私、人見知りで男性が得意じゃないので女性の方にサポートについてもらえたらなって思ってたんですけど。今は桐原さんとチームを組めてよかったと思ってます」

「お、俺も」

杏奈の言葉に身を乗り出し、桐原は勢い込んで声をあげる。

「三園さんとこうして一緒に仕事ができて、本当にラッキーだって思ってるんだ。最初は三園さんの企画に惚れ込んでサポートに手を挙げたけど、今は三園さん自身に惚れ――」

「まだ終わってなかったのか？」

「えっ？」

突然低い声が部屋に響き、杏奈は椅子の上で軽く跳び上がる。

慌てて振り返ると、入口に長身の男性が立っていた。響だ。腕を組んだ身体を壁に預け、杏奈たちをじっと見つめている。

「え、ひび……副社長」

杏奈は響のもとに行こうと思わず立ち上がるが、桐原の存在を思い出し足を止めた。

「副社長、今日まで北海道に出張でしたよね」

心なしかふてくされた声で、桐原が響に声をかける。

「ああ。早い便で帰ってきたんだ。確認したい書類があったし」

桐原同様、なぜか響の声も不機嫌で、杏奈はふたりの顔を交互に見やる。

「あ、あの、お疲れ様です」

よく見ると響の表情にも疲れが見え、気のせいか少し痩せたようだ。

「ふたりで進めてるのか？」

探るような声で問いかける響に、杏奈はこくりと頷いた。

「桐原さんの指示に無駄がないおかげでスムーズに進められています。いい企画に練り直して、最終審査に臨むつもりです」

もともと桐原は響の直属の部下だったと聞いている。今も商品開発部に響の席があるとなれば、響の印象が彼の査定に影響するかもしれない。

杏奈は桐原のマイナスにならないよう注意しながら、響に答えた。

すると桐原も立ち上がり、響に向き直る。

「野尻部長は明日まで本社工場から離れられないらしくて、ずっとふたりで進めてるんです。三園さんは覚えが早くて熱心なので、ふたりでも大丈夫です。それに野尻部長は他のチームからも監修を依頼されてこちらにかかりきりというわけにはいかないみたいですし、基本的にはこのままふたりで最終審査まで頑張るつもりです」

「桐原さん……」

自分のことを前向きに評価してくれている桐原の言葉がうれしくて、杏奈は目を輝かせる。さらにやる気も湧いてきた。

「ふたりでね……わかった」

しばらく無言で杏奈たちを見つめていた響が、ゆっくりと口を開く。

「最終審査まであと五日だな」

確認するような口ぶりでそう言うと、響は桐原に鋭い視線を向けた。

「あと五日間だけ、三園さんを頼むよ。五日間だけな」

響にしては珍しい愛想のない投げやりな声に、桐原は眉を寄せた。

「……わかりました」

よほど疲れているのだろう、響も桐原も笑顔ひとつ見せようとしない。

杏奈は疲れているふたりのためにも、明日からは極力残業にならないよう、早めに出社しようと決めた。

第三章　パステルカラーと藤の花

　残暑が残る九月半ば、杏奈は期間限定で商品開発部への異動が命じられた。杏奈のアイデアが最終審査を経て採用となり、商品化に向けてプロジェクトの発足が決まったからだ。

　バレンタイン商戦での板チョコの集中販売。

　これが杏奈のアイデアだが、すでにバレンタインに向けたスイーツキタオの別プロジェクトが動いていて、人手が足りないということで急遽杏奈が招集されたのだ。

　本来は商品化が決まれば担当部門が一手に引き受けるのだが、今回はそういう事情もあり例外的な措置がとられたようだ。

「緊張してる？」

　商品開発部に用意された席に腰を下ろした杏奈に、隣の席から声がかかる。にっこりと笑っている桐原だ。

　彼はスイーツキタオのブランド統括の責任者で、杏奈が参加するプロジェクトを率いることになった。

「最終審査のあと総務部に戻ると思ってたから、驚いた。でも、来てくれてうれしいよ。バレンタインまで引き続きよろしく」

「こちらこそよろしくお願いします。突然決まって、私も驚いてるんです。お役に立てるのか自信もないし、緊張してます」

最終審査の結果が発表されたのが五日前で、杏奈に異動が伝えられたのが一昨日。日程がタイトなのはわかるが、総務部内の申し合わせも十分できないままの異動は不安ばかりだ。朝会で総務部の二倍の人数を前に挨拶をしたときには、あまりの緊張で足の震えが止まらなかった。

「それはそうだよな。でもバレンタインの企画は、初川さんのイラストが完成すればほぼ完了だから気楽にしてて大丈夫。ＣＭやネットとかの媒体を使った告知は宣伝部だしさ。野尻部長から、工場のラインの確保もＯＫだって連絡があったし」

「順調すぎて、逆に怖いくらいですね」

「それは三園さんが最終審査で提出した企画書の出来がよかったからだよ。俺たちは内容通りに進めてるだけ。でもこれからは三園さんがリーダーだ。頑張れよ。俺はサブリーダーとしてサポートを楽しませてもらう」

「心強いです」

変わらず朗らかな桐原のおかげで、杏奈の緊張もほんの少し和らいだ。

それに、遠回しに杏奈を持ち上げてやる気にさせてくれる桐原こそが、実質的なリーダーだ。安心して進められる。

「あ、そういえば宣伝部から明日の午後打ち合わせだと連絡がありました。年明けからホームページでバレンタイン特集を組むらしくて、なにか面白いアイデアを考えてくれって言われてます」

杏奈はふと思い出し、桐原に伝える。

「もしかしたらあのことかな？」

「あのこと？」

思い当たるものがあるのか、桐原はひとり納得している。

「三園さん、打ち上げのときにあれこれ思いついたことを話してただろ？　販促活動の一環として恋人や家族に板チョコを贈る動画を投稿してもらうとか色々」

「そういえば、そんな話もしましたね」

採用が決定して気が高ぶっていたうえにお酒が入っていたこともあり、打ち上げの席で思いついたあれこれを、勢いのまま話したのだ。

中でも杏奈が最も熱を入れていたのは、板チョコを贈る様子を動画で投稿してもらおうというもの。売り上げを出すためには初川のイラストだけに頼るのではなく、やはりSNSをうまく活用した方がいいと考えたのだ。

バレンタインデー直後に動画投稿が始まれば、その後も盛り上がりが続き、ホワイトデーを迎える。ホワイトデーのお返しの様子も動画に投稿できるよう準備すれば、二月と三月に板チョコの売り上げが大幅に伸びるはずだ。

「宣伝部も三園さんのアイデアに乗り気で、代理店も交じえて進めてるらしい」

「相変わらず仕事が早いですね」

それは桐原も野尻も同じ。すでにバレンタインに向けて動きだしている。

「早速で悪いけど、初川さんに依頼したイラストの詳細を説明させてもらえる？」

いくつかのファイルを手に、桐原は杏奈に声をかける。

「は、はい。お願いします」

「じゃあ、あっちの部屋に行こうか」

言い終わらないうちに背を向けた桐原を、杏奈は慌ててタブレットを手に追いかける。

杏奈は総務部とはまるで違うテンポの速い空気感に自分はついていけるのだろうかと、桐原の背中を見ながら不安を覚えた。

異動初日を終えた杏奈は、ロッカールームで真波を待っていた。

久しぶりに杏奈が残業なく帰れることになり、食事に行こうという話になったのだ。

「……はあ」

部屋の奥に置かれた長椅子に腰を下ろし、杏奈はため息をつく。

今日一日、商品開発部の忙しさに圧倒され、くたくただ。体力的に疲れたのはもちろん、初めてのことばかりで精神的な消耗もかなり激しい。

商品開発部の人たちからは温かく迎え入れてもらえたものの、畑違いの場所に連れてこられた杏奈にできることは限られていて、せめて迷惑はかけないようにしよう、足を引っ張らないようにしようと気を張り続け、気づけば終業時刻を迎えていた。

「空回りだ……」

杏奈は力なくつぶやき、うなだれた。

これではバレンタインまでの約五カ月、心身ともに持ちそうにない。

それに今日は出張で席を空けていた響とも、明日からは同じプロジェクトで仕事をすることになる。響が指導役として関わっているからだ。

まさか響の下で仕事ができるとは思ってもみなかった杏奈にとって、それは夢のような展開であり、同時に計りしれない緊張感を背負うプレッシャーばかりの状況だ。

明日からは仕事とは別の緊張感も加わって、今日以上に空回りしてしまいそうだ。

出張続きの響とは、先月会社の帰りに車で送ってもらって以来、ふたりで話す機会がないまま異動を迎えた。あの日、響は不安な思いに耐えきれずつい感情的になった杏奈を『正々堂々としていろ』と励ましてくれた。杏奈はその言葉を日に何度も思い出しては不安な気持ちを押しやり、自身を鼓舞している。

そのとき、数人の女性がはしゃいだ声で話しながら、ロッカールームに入ってきた。

「昨日、帰りに副社長とエレベーターで一緒だったの」

「いいなー。私、ここ一週間見かけてないよ」

響の名前を耳にし、杏奈はハッと顔を向けた。見ると経営統括部の女性ふたりが顔を紅潮させ騒いでいる。

ふたりは杏奈に気づくことなくロッカーの向こう側に消え、そのまま休憩スペースに腰を下ろしたようだ。

「副社長、最近出張が多くてなかなか会えないよね。今日もいないし」

「仕事ができるから各方面から声がかかって飛び回ってるみたい。これ以上顔を見る機会が減ったら、会社に来るモチベーションが一気に下がりそう」

彼女たちの会話を聞くとはなしに聞きながら、杏奈は響の注目の高さと人気を改めて実感する。

「この先副社長が結婚したら、ショックだな」

「でも、そろそろじゃない？　お見合いの話が相当持ち込まれてるみたいだしさ。相手はきっと大企業のご令嬢とか政治家の身内とかだよね。私たちみたいな一般人じゃ太刀打《たちう》ちできないほどの女性だね、きっと」

「わかる。噂で聞いたけど、あまりにもお見合いの話が多すぎて選べないんだって。ひとりを選ぶと、それ以外の相手の顔を潰すことになるじゃない？　今後の会社との関係を考えると誰も選べないから、お見合いはすべて断ってるってよく耳にするしね」

確信めいた声で話す女性たちの話を、杏奈は息をひそめ聞いている。

響が見合いをすべて断っていることは知っていたが、そんな理由があったとは初耳だ。

「だったら結婚はまだ先かな。よかったー。なんといってもダントツの目の保養だもん」

「そうも言ってられないかもよ。私はそろそろ結婚すると思ってるのよね」

意味深な言葉が続き、杏奈は耳を澄《す》ます。

「これも噂だけど、社長が副社長に早く結婚しろってうるさいらしいのよ。やっぱり跡継ぎのことを考えたら早い方がいいし。だから副社長も困ってるんだって」

「それはそうかもね。まあ、どっちにしても私たちには縁がない世界よね。跡継ぎとかピンとこないもん」

彼女たちはそう言ってひとしきり笑い声をあげたあと、これから食事に行く店の話へと話題を変えた。

杏奈は詰めていた息を静かに吐き出しながら、今耳にした話を思い返す。

響が見合いをすべて断っていたのは、仕事を最優先に考えているからだと思っていた。だが今の話を聞くと、そうとも言えないようだ。

どれだけ多くの見合い話が持ち込まれても、会社同士のしがらみや付き合い、経済界や政界への影響を考えると安易にひとりに絞れない。だからすべての話を断っているのだ。

「そっか……」

単なる見合いですら各方面への配慮が必要な響の窮屈な立場を思い、杏奈はやりきれない思いに胸を痛めた。おまけに基から結婚を急かされているとなれば、どれほどのストレスを抱えているのだろう。

響に守られてばかりでなんの役にも立てない自分の不甲斐《ふがい》なさに気落ちし、杏奈は長椅子の背に力なくもたれた。

プロジェクトの参加や異動で右往左往するばかりで、響の胸の内に気づけなかったのが情けない。

「杏奈？　寝てるの？」

「えっ？」

聞き慣れた声が耳に届き、杏奈はいつの間にか閉じていた目をハッと開いた。

「あ、真波……」

目の前で、真波が長椅子の前に膝をつき、杏奈を心配そうに見つめている。

「ごめん、ちゃんと起きてるよ」

杏奈は慌てて身体を起こし、未だ収まらない動揺を笑顔で隠した。

「お疲れ様。どこに行く？　この間真波が言ってたハンバーグとかどうかな？」

「それはいいけど」

真波は杏奈の顔を、探るように覗き込む。

「な、なに？」

真波の強い目力にたじろぎ、杏奈は視線を逸らした。

「……まあ、じっくり聞いてあげるから、さっさと行こう。ハンバーグでもグラタンでも杏奈の大好物に付き合ってあげるわよ」

真波はなにもかもお見通しだとばかりにそう言って、杏奈の肩をポンと叩いた。

真波とともに一階でエレベーターを降りてすぐ、杏奈はこちらに向かって歩いてくる響に気づいた。

スーツが似合うスラリとした長身の姿は目立ち、遠目からでも響だとすぐにわかる。今日は近県の営業所を訪ね、そのまま直帰すると桐原から聞いていたが、戻ってきたようだ。

同行していた若手数人と言葉を交わしながら、ゆっくりと杏奈たちに近付いてくる。

「あ……」

杏奈はついさっき知った響の窮屈な立場が頭に浮かび、思わず足を止めた。

「杏奈？」

いきなり立ち止まった杏奈を振り返り、真波は首をかしげる。

「突然どうしたの……なるほど」

前方を歩く響に気づいた真波は、ニヤリと笑う。

「王子様が帰ってきたよ。なんなら誘って一緒にハンバーグ食べに行く？　ふたりきりがいいなら私は帰ってもいいし――」

「な、なにを言ってるの」

杏奈は慌てて真波の口を手で塞《ふさ》ぐと、軽く背伸びし彼女の耳もとに唇を寄せた。

「余計なことは言わないで」

真波のことだ、面白がってなにを言い出すかわからない。

なにも言わないよう真波に目で訴えながら、背後から響たちが近づく気配に息を詰めヒヤヒヤしていると。

「三園さん？」

予想に反して女性の声が聞こえてきた。

振り返ると、響を含め五人ほどの男性が並ぶ向こうから、甲田が姿を現した。

彼女は落ち着いたグレーのパンツスーツに身を包み、鋭い表情で杏奈を見ている。

「お疲れ様です」

杏奈は慌てて頭を下げる。

甲田とは最終審査までの期間中に何度か顔を合わせたが、そのたび不快な表情を向けられた。最終審査を辞退するよう改めて言われたわけではなかったが、彼女の目を見れば、それを望んでいるのは明らかだった。

桐原が間に入ってくれたおかげでどうにか乗り切ったが、未だに彼女がどうしてそこまで杏奈にマイナスの感情を向けてくるのかがわからない。

「副社長、お疲れ様です。今日も出張だったんですか？　大変ですね」

落ち着かない杏奈に代わって真波が明るく響に声をかける。

「戸部さんもお疲れ様。今日は新しい営業所の開所式だったんだ。来週の所長会議から参加者が増えるから、初日は受付で場所を説明してもらえるとありがたい」

杏奈に目を向けることなく真波と話し始めた響の声に、杏奈はうつむき耳を傾ける。

「承知しました。名簿が届くので、確認しておきますね」

「よろしく。三園さん、異動初日に留守にして申し訳なかった」

「あっ……いえ」

杏奈はおずおずと顔を上げた。

会社で距離を取ることに慣れているせいか、こうして面と向かうと照れくさい。今もまっすぐ響の顔を見ていられず、つい視線を逸らしてしまう。

「三園さんのアイデア、うちの部署でも評判だ。突然の異動で戸惑いもあるだろうけど、新しい世界を知るいい機会だと思って楽しんでほしい」

「はい。ありがとうございます」

副社長にふさわしい落ち着いた物腰で話す響を寂しく思いながら、杏奈は頷いた。

するとの後ろに控えていた男性が、待ちかねたように顔を出した。

「あの、例のバレンタインのプロジェクトですよね。俺、すごくいいなと思ってて。なにかあればお手伝いしますので声をかけてください」

「あ、ありがとうございます」

とっさに礼を口にしてしまったが、彼がいったい誰なのかわからない。

すると、隣にいるもうひとりの男性が、続いて口を開いた。

「ようこそ商品開発部へ。近々歓迎会を企画しますけど、三園さん、お酒はいける口ですか？」

「えっと……」

続く勢いにたじろいだ杏奈は、助けを求めるように響に視線を投げかけた。

「あ……」

響と目が合った途端、杏奈はまずいと気づく。これでは響との関わりがばれるかもしれず、顔を強張らせた。

すると響は軽くため息をつき、呆れた声で「落ち着け」とつぶやいた。

こんなこともうまくかわせない杏奈に苛立っているようだ。

しかし響は顔をしかめ、なぜか杏奈ではなくふたりの男性に向かって口を開いた。

「歓迎会は今年の幹事が考えるし、手伝う余裕があるならさっさと今日の報告書をまとめろ。それにふたりとも来週から研究所に詰める予定だろ。資料はできてるのか？」

響は男性たちに淡々と言い聞かせている。

苛立ちの理由が自分ではなかったとわかり、杏奈は安堵《あんど》する。

「えっと……実はこれからなんです。至急仕上げますので明日確認をお願いします」

「ああ。この間の報告書もわかりやすくて、営業部とも共有させてもらった。今回も期待してる」

「あ……ありがとうございますっ」

杏奈の目の前にいたふたりは弾む声をあげる。続けて杏奈に「明日からよろしく」と声をかけると、響にも親しげに笑いかけたあと軽やかに去っていった。

「ああ見えてふたりともヒット商品連発の期待の若手だ。なにかあれば頼るといい」

立ち去るふたりを眺めながら、響は楽しげにつぶやいた。その声はとても落ち着いていて、彼らを信頼しているのがよくわかる。ふたりも響に憧れているようだった。

女性だけでなく男性からも一目置かれ慕われている響の姿を垣間見て、杏奈は自分のことのようにうれしくなる。

「ところで三園さん」

「は、はい」

それまで杏奈たちのやりとりを眺めていた甲田が、口を開いた。

「今回のプロジェクトだけど、スケジュールに余裕がないみたいだから、桐原君をリーダーにして進めることになると思うわ。桐原君なら安心して任せられるし。他にもうちの課から何人か担当させようと思ってるの。せっかくうちに異動してもらったけど、商品開発の経験がないあなたにお願いできることは少ないはずよ」

言葉遣いは丁寧だが、向けられる視線は相変わらず鋭くて怖い。

どこまでもぶれない甲田の態度に、杏奈は心の中でため息をついた。

この先数カ月、うまくやっていけるのか、かなり不安だ。

「わかりました。よろしくお願いします」

甲田は素直に頷く杏奈に満足したのか唇の端に笑みを浮かべ、傍らの響を見上げた。

「経験も知識も不足している三園さんがプロジェクトでできることって限られているから、合間にこっちの業務を手伝ってもらってもいいかしら。九月発売の新商品の準備が少し遅れてるのよ」

「え?」

甲田の言葉に、杏奈は目を見開いた。今回の異動は杏奈がアイデアを出したプロジェクトを進めるためで、商品開発部の業務に直接携わるためではないはずだ。

「それは話が違う。総務部からプロジェクトに区切りがついたらすぐにでも戻してくれと念を押されてるんだ。プロジェクト以外の業務に当たってもらうつもりはない」

響は甲田にきっぱりと告げると、杏奈を安心させるように笑いかけた。

「そ、そんな大げさな話じゃないのよ。基本はプロジェクトに専念してもらうけど、手が空いたときにでも少し力を貸してもらえればいいの」

甲田は正面から響を見据え、食い下がる。

「書類の整理や簡単な確認作業なら大した負担にならないでしょう？　どうせ三園さんができる業務なんて限定的なんだし、指示も私が出すから固く考えなくてもいい――」

「甲田」

つらつらと言葉を並べる甲田を、響は遮った。

「業務に遅れがあるなら明日にでも時間を作るから改めてスケジュール調整をしよう。三園さんにはプロジェクトに専念してもらうし、リーダーは彼女だ。あと、彼女への指示はすべて桐原が出す」

途中、なにか言いたげな甲田を目で制しながら、響は釘を刺した。

「で、でも」

「甲田には自分が担当しているプロジェクトに気を配ってもらいたい。せっかく新商品のいいアイデアが生まれたんだ。商品化できるようにそちらに集中してほしい」

普段通りの落ち着いた声ながらも、よく聞けばわずかに苛立ちが滲んでいる。甲田の申し出が、よほど納得できないのだろう。

「あ、戸部さん、悪い。急いでるなら行ってくれ。申し訳ない」

何度も時計に視線を落としている真波に響が気づき、声かける。

「すみません。このあと三園さんと食事に行く予定で、お店の予約時間が迫っているんです。お気遣いありがとうございます」

「え？」

そんな話をした記憶はないが、真波に真顔で見つめられ、この場を去る体のいい言い訳だと察した。

「ああ、引き留めて悪かった」

そう言って申し訳なさそうに謝る響と目が合い、杏奈は不自然に思われない程度に笑みを浮かべてみせる。

会社では滅多にできない響とのやりとりが新鮮で、しばらく響から目を逸らせずにいると。

「では、失礼します」

真波が響たちに軽く会釈し、エントランスへと歩き出した。一刻も早くこの場から離れたいようだ。

「あ……あの、明日からよろしくお願いします」

焦り気味にそう言って頭を下げると、響の手入れが行き届いた革靴が目に入り、いよいよ明日から響と同じプロジェクトで働くのだと実感する。

「こちらこそよろしく。……じゃあ、気をつけて」

含みのある最後のひと言は〝北尾副社長〟からではなく〝響君〟からの言葉だと理解し、杏奈は照れくささにひっそりと頬を染めた。

「失礼します」

最後にそう言って杏奈が足を踏み出したとき。

「しつこい女」

すれ違いざまに甲田が杏奈の耳もとでささやいた。振り返ると、甲田が身体ごと杏奈の方に向き、まっすぐ睨みつけていた。

異動に伴う慌ただしさの中、あっという間に十月に入り、杏奈が商品開発部に異動してから三週間が過ぎた。杏奈の予想通り桐原が実質的なリーダーとして指揮を執り、プロジェクトは本格的に動いている。

先月の販売戦略会議では、バレンタイン仕様の板チョコを年明け早々に発売し、バレンタインの翌日からはホワイトデー仕様の板チョコを続けて発売することが決定された。それを受けて関係各所が具体的に動き始め、生産拠点となる本社工場では生産ラインの振り分けやスケジュール調整が始まっている。

クリスマスに向けた商品と重複する時期でもあり、生産能力いっぱいのスケジュールに対する人員の確保には、部長の野尻自らが対応に当たっているそうだ。

杏奈は軽い気持ちで応募したアイデアが、こうして多くの手を借りながら形になっていく過程に日々感動している。

そして今日、いよいよ初川のイラストが届く。

杏奈は早々に昼食を済ませてデスクに戻り、そろそろ送られてくるはずのデータをじりじりしながら待っていた。

最終審査に向けて企画を練り直していたときには初川が依頼を受けてくれる自信がなく半ばあきらめていたが、桐原が以前言っていた通り、初川は引き受けてくれた。

『社内ではあまり知られてないけど、初川さんはうちの宅配のヘビーユーザーなんだ。彼女のプロモートを引き受けてる広告代理店に俺の知り合いがいて、そのことを前にちらりと聞いたんだ。おまけに宅配を気に入ってるだけでなくうちの企業理念に共感してくれているらしいから、引き受けてもらえるはずだって予想してた。ビンゴだったな』

桐原から初川がオファーを受けてくれると自信を持っていた理由を聞いたとき、杏奈は最初そのあまりの楽観的な思考に驚いたが、結果的には桐原が持っていたその情報のおかげで初川への依頼をあきらめず、彼女にオファーを受けてもらえた。

初川のことだけでなく、桐原の熱心なサポートと優秀な仕事ぶりに支えられ、プロジェクトはスケジュール通りに問題なく進んでいる。桐原には感謝ばかりだ。

「あ、来た」

杏奈はパソコンの画面をクリックし、初川から送られてきた画像を読み込んだ。

次の瞬間、画面いっぱいに広がったのは、グレーがかったピンクの背景に咲く藤の花。初川のイラストの特徴であるパステルカラーを封印し、落ち着いた色味を使っている。

彼女がこれまで多く描いていた一輪の花ではなく、幻想的に垂れ下がる藤の花だ。

繊細なタッチで描かれた花は上品で気品があり、花穂はまるで風に揺れているように見える。

事前にラフ画で確認していたが、完成した作品は予想を遥かに超えていた。

「話題になりそうだな」

背後から低い声が響き、杏奈は振り返る。

「あ……お疲れ様です」

杏奈の傍らに立っていたのは響だった。今日は終日会議が続いていたが、終業時刻間近となり解放されたようだ。

「今までの初川季世のテイストがどこにもないな」

「はい。それが今回初川さんと話し合って決めた狙いです」

響は無言のまま頷いた。

「でも、ここまでとは……想像以上です」

「思いきったな。これだけ見ると、初川季世のイラストとは思えない」

響はパソコンの画面をクリックし、別のイラストを呼び出した。そこに現れたのは同じく藤の花だ。ただ背景の色がピンクから落ち着いたオレンジに変わっている。

「背景がピンクのイラストは従来のサイズのパッケージで、もうひとつはそれ以外の小さなサイズ向けです。サイズに合わせて藤の花も小ぶりに仕上げています」

「なるほど」

説明を続ける杏奈の横で、響は食い入るように眺めている。

原寸で印刷した試作品が明日届くので響にはそれで確認してもらうつもりでいたが、あっという間に目が離せなくなったようだ。

杏奈は息を詰め、見守った。

もちろん事前に響やもうひとりの担当役員に判断を仰ぎ決裁がおりているものの、いざこうして完成したイラストを前にすると、どんな反応が返ってくるのかヒヤヒヤしてしまう。

「お、初川さんのイラスト？　うわー、予想以上で驚いた」

高ぶる声とともに響の隣に勢いよく並んだのは、会議から戻ってきた桐原だ。手にしていた資料を無造作にデスクに置くと、熱心に眺め始めた。

「繊細なタッチがいいな。それに〝バレンタインとホワイトデーを終えて大切な人と迎えた五月。藤の花を一緒に見に行きましょう〟なんてメッセージ。三園さん、よく思いついたよな」

「自分でも気に入ってます」

イラストの方向性を話し合ったとき、杏奈は〝バレンタインとホワイトデーのあとも一緒に楽しい思い出を作りましょう〟というメッセージをイラストに込めたいと初川に提案し、それが形になったのだ。

「それにここまで作風が変わるとはびっくり。三園さんが提案してきたとき、正直どうなることかと思ったけど、これはいい。脱・初川だって絶対に話題になるよ」

「あ、あの、桐原さん、声が大きいです……」

よほどイラストが気に入ったのか、桐原は周囲の目を気にせず大声で話し続けている。商品開発部のあちこちから視線が集まり、杏奈は響と桐原の後ろに身を隠した。

「脱・初川か。その通りだな」

響の満ち足りた笑みと声音に、どうやらイラストに納得したようだと、杏奈はホッと胸を撫で下ろした。

今回の試みは杏奈たちにとっても初川にとっても冒険で、ガラリと変わった作風が、世間に受け入れてもらえるかの賭けでもある。

それでも今回踏み切ったのには理由がある。

初川はこれまでいくつもの企業からイラストの依頼があり、可能な限り提供してきた。その結果あらゆる場所や媒体で、初川の作品が目に入るようになった。

『客観的に考えて、私の作品は現在飽和状態です。だから私のイラストをパッケージに採用したとしても、以前ほどの話題性はないと思います』

自身の状況をクールに見極める初川の言葉に杏奈は納得した。

つまり、現在初川の作品に新鮮味はなく、パッケージに採用しても、よく見かけるイラストのひとつとして認識されるだけで話題を呼ぶ可能性は低いということだ。

一度は依頼を取り下げるべきかと悩んだが、初川自身がキタオフーズを信頼していて今回の話に乗り気であり、なによりプロジェクトの肝である初川をあきらめるわけにはいかないと、思い直した。

そして初川とふたりで考えたのが、作風の変更だったのだ。

初川にとっては次のステージに進む足がかりになり、杏奈たちにとっては商品の売上増を見込む好材料となる。

「脱・初川。うちの商品にその最初の作品を提供してもらえるのは、ありがたいな」

イラストを眺めていた響が、ふと我に返りつぶやいた。

「彼女なら他にもアピールできる場はあるはずだ。なのにうちを選んでくれたのは、初川さんと信頼関係を結ぶことができた三園さんのおかげだな。三園さんの頑張りはいくつも聞いている。慣れないことばかりの中で、よく頑張ったな」

「……ありがとう、ひび……ございます」

響の瞳があまりにも優しくて、杏奈はここがどこなのかをつい忘れてしまった。思わず〝響君〟と口に出しそうになる。

当然だが異動後も響とは距離を置き、同じフロアにいてもひと言も言葉を交わさない日も少なくない。たとえ話す機会があっても、他人行儀に〝三園さん〟と呼ばれ、実際以上の距離を感じて切なかった。

もちろん未知の世界で四苦八苦している中で、響を気にかけてばかりいられなかったが、こうして温かい言葉で労われると、どれだけ気を張っていたのかを身に染みて感じる。

そして今、響の役に立ちたい一心で努力してきたなにもかもが、ようやく報われたのだと実感し胸が熱い。

「私……役に立ててうれしいです」

杏奈は響を見上げて強い眼差しを向けた。

少し前まで意識的に距離を取ろうとしていたのが嘘のように、自然に響と向き合える。

それに、たとえ響との関係を周囲に知られたとしても、後ろめたいことはなにもない。ありのままに話せばいいのだと思える自分を、誇らしくも思う。

響に認められただけでここまで心持ちが変化したことに驚き、そして自分にとって響の存在がどれほど大きなものなのかを思い知った。

「板チョコ、たくさんの人が手に取ってくれるように頑張ります」

年明けの発売まであと二カ月もない。それまでに進めなければならない作業はまだまだある。初川のイラストはその中のひとつにすぎないのだ。

多少役に立てたことに甘えて調子に乗り続けるわけにはいかない。

杏奈はパソコンの画面に浮かんでいる初川のイラストに再び視線を向け、気を引きしめた。

「三園さんなら大丈夫だよ。期待してる。……だが絶対に無理はしないでくれよ」

それまで型通りのやりとりを続けていた響の声が、最後のひと言だけトーンが変わった。

その声音は、過保護なまでに杏奈を心配していた、遠い昔の響の声と同じだ。

「大丈夫」

都合のいい思い込みかもしれないが、今も響は自分を気にかけ心配してくれている。

そう思うと同時に、杏奈は心の中が温かくなるのを感じた。

「少しくらい無理をしてでも頑張ります。いえ、頑張らせてください」

思いの外、強い言葉が杏奈の口をついて出る。

それは、無理をしてでも響の役に立ちたいという杏奈の本心だ。

響は一瞬ぴくりと眉を上げ考え込んでいたが、落ち着いた表情のまま頷いた。

「……そうか。わかった」

かみしめるように答える響の目が寂しげに揺れたような気がして、杏奈が目を逸らせずにいると。

「え、だったら」

それまで初川のイラストを夢中で眺めていた桐原が、杏奈たちの間に割って入る。

「今から宣伝部と打ち合わせがあるけど三園さんも来る？　忙しそうだから様子を見てたんだけど、無理をしてでも頑張りたいならお願いしようかな」

桐原は期待を込めた目を杏奈に向ける。

「わかりました。無理をする覚悟はできているので、よろしくお願いします」

杏奈は力強い声で即答する。

「助かる。よろしく」

プロジェクト以外にもかなりの量の仕事を抱えている桐原がずっと気になっていた

が、杏奈には今まで自分から手伝いたいと申し出る勇気がなかった。

なのに今、響に認められただけで自ら手を挙げている。

杏奈は思いがけない自分の変化に驚きつつも、そんな自分も悪くないと感じた。

「今日は三園さんが思いついた動画投稿の件で話を詰めるんだ。前にも言ったけど、宣伝部が相当乗り気でさ、今日は代理店も来るから張り切ってる。そろそろ三園さんに報告しようと思ってたからちょうどよかったよ。これから先は、三園さんにも中心に入ってもらって一緒に仕上げよう」

「あ……はい。わかりました」

桐原の勢いにつられ思わず頷いたものの、中心などと言われ緊張して眉を寄せた。

動画投稿の件は、広報宣伝部が力を入れているとは聞いていた。システム関係に疎いせいでタッチしていなかったが、これからはそうも言っていられないようだ。

「……三園さん、大丈夫か？」

傍らで様子を見守っていた響が、杏奈の顔を覗き込む。杏奈の不安を察したようだ。

「大丈夫です。桐原さんのお手伝い程度しかできないと思いますけど、頑張ります」

「いやいや」

桐原が軽くそう言って、杏奈に笑いかける。

「今回のプロジェクトの肝が初川さんの作風の変更なのは間違いないけど、それは三園さんが初川さんと彼女の作品に敬意を持って真摯に向き合ったから実現できたんだし、商品化が決まった理由ならほかにもある。三園さんが提案したチョコレートのサイズを増やすこととかSNSでの発信を重視することとか、トータルで綿密に練り上げた内容を評価されたからだよ。お手伝い程度なんて言わず、もう少し自分に自信を持ってもいいと思う」

迷いなく言い切る桐原の言葉が、杏奈の胸に響く。

「ありがとうございます。でも、買い被りすぎです。桐原さんのリードがなかったらなにもできなかったと思いますから……感謝してます」

わずかに目をうるませて、杏奈は桐原に向かって軽く頭を下げる。

イラストが完成してひと区切りついただけでなく、響に自分の仕事を認めてもらえたことがうれしくて、気が緩んでしまったのかもしれない。

「ゴールは先だよ。俺も今まで以上にサポートするからまだまだ頑張ってよ。三園さんなら期待以上の結果を出せるはずだからさ」

桐原は腰を折ると杏奈の顔を覗き込み、優しくつぶやいた。

「桐原さん……」

温かな声音に杏奈はこくりと頷いた。

「期待値が高くてプレッシャーを感じますけど、頑張りますね」

宣伝のことなどなにも知らない素人だ。足手まといにならないよう気をつけなければと、杏奈は気合いを入れる。

「副社長もそう思いますよね」

傍らの響を振り返り、桐原が意味ありげな視線を向ける。

気のせいかその表情と声にどこか挑発的なものを感じ、杏奈はふたりの顔を交互に見る。ふたりとも表情を消し、無言のまま見つめ合っている。

「あの……副社長？」

突然どうしたのだろうと、杏奈はひとり戸惑う。

「ああ……たしかにそうだな」

杏奈のささやきに小さく反応し、響が表情を緩めた。

「せっかくのいい機会だから勉強させてもらうといい。桐原の言う通り、三園さんならまだまだ結果を出せると思うし、すぐに戦力になれるはずだ」

「それは、褒めすぎ――」

「いや、突然放り込まれた場所でどれだけ頑張っているか、いつも見ていたからよくわかってる。それにもう、とっくにうちの戦力だ。自信を持て」

不安を抱えた途端、すぐに背中を押してくれる響の優しさが胸に響く。

杏奈は今すぐにでも響に抱きつきたいという思いに、必死で蓋《ふた》をした。

「ほらね」

桐原が軽くつぶやき、響を見つめる杏奈の目の前に立った。

「副社長もこう言ってることだし、俺と一緒にまだまだ結果を出していこう」

「あ……はい。それは……よろしくお願いします」

やる気を見せる桐原の勢いに気圧されながら、ふと響を見ると。

桐原に視線を向け、心なしか悔しげに眉を寄せていた。

その後順調にプロジェクトは進行し、年明けすぐにバレンタイン仕様の板チョコが発売された。

第四章　いつわりのプロポーズ

『おい、杏奈ちゃんがうちの最終面接に残ってるぞ。なにか聞いてないのか？』

四年ほど前、社長室に足を踏み入れた響は、興奮した基の声に耳を疑った。

聞けば杏奈がキタオフーズの採用試験を受けており、最終面接に残っているらしい。

響はその事実に激しく動揺した。

杏奈とは父親同士が親友で、まるで家族のように、そして妹のように大切にしてきたのだ。なのに杏奈からなにも知らされていなかったことが寂しく、切なかった。

杏奈の誕生日は毎年ふたりで祝い、年々美しく成長する杏奈を見守ってきた。

響の母校でもある大学の四年生になり、就活を始めていることは杏奈の両親から聞いていたが、具体的な話はなにも知らされていなかった。

ただ、管理栄養士の資格取得を目指していて、医師である響の母に憧れていると話していたことから、臨床系に進むのだろうと考えていた。

だが実際は、杏奈はキタオフーズへの入社を目指していた。それも最終面接に残っているとなれば、成績だけでなく本人のやる気や入社の意思も確認されているはずだ。

軽い気持ちで応募したとは思えない。本気で採用を希望しているのだ。

なのに響や基にはなんの相談もない。

それはまるで響のもとを離れて自分自身の力で人生を作り上げていくという、杏奈の意思表明のように思えた。

同時に杏奈が自分のそばにいない未来が頭に浮かび、絶望感で全身に痛みを覚えた。

『離すわけないだろ』

響は基から話を聞かされた直後、杏奈への愛に気づき、一生自分のそばに置くと決めた。

それまで自分にとって杏奈は妹のような存在だと思っていたが、それは錯覚だったのだ。

これまでどんな場面でも響を慕い、手の届く場所で笑っていた杏奈が、自分から離れようとするとは考えたこともなかった。

けれど現実は甘くはない。気がつけば杏奈は響の手を借りずとも自身の道を歩み始めていた。

『父さん……いや、社長。杏奈の採用に関しては、他の学生と同様、公正に審査してほしい。もしも入社したとして、俺たちとの関係が知られて困るのは杏奈だからな』

響は自身の杏奈への愛に気づいたと同時に、杏奈が基や響からの後押しなくキタオフーズへの入社を望むなら、その気持ちを尊重しなければと考えたのだ。

そして杏奈は彼女自身の力で採用され、入社した。

響はそれを機に杏奈に想いを伝え、早いタイミングで結婚に向けて動きだそうと考えたのだが――。

杏奈は響との仕事上の接点が少ない総務部への配属を希望し、明らかに響と距離を置くようになった。

次期後継者という立場にいる響への遠慮というだけでなく、公私ともに響との関係のリセットを望んでいるようだった。

このときようやく、響は自分が思っていた以上に杏奈が響との間に距離を感じ、自分は響にふさわしくないと思い込んでいることに気づいた。

立場の違いなどどうでもいいと強く言い聞かせることも考えたが、それが杏奈のためになるとは思えない。

元来が真面目で一生懸命な杏奈のことだ、それほどの時間をかけずとも仕事で結果を出し自身の成長につなげるだろう。そして少しずつでも自信を蓄え、遠慮なく響の隣で笑ってくれるはずだ。

響は一日でも早くその日が訪れることを願い、待つことにした。

その気遣いが、響との間に距離を取ろうとする杏奈の気持ちを尊重することにつながり、結果的に杏奈との関わりは希薄なものになってしまった。

ふたりで出かけないどころか社内で顔を合わせても、簡単な会釈程度。

当然ながら、ふたりの距離はさらに広がった。それこそ年に一度、杏奈の誕生日にプレゼントを贈るだけの関係だ。

本音ではそれまでと変わらず食事に行ったり杏奈が喜びそうな場所に連れ出したりしたいのだが、彼女の気持ちを考えると無理矢理付き合わせるわけにはいかない。

今年の杏奈の誕生日も、初川季世の個展のチケットを贈っただけ。

あの日、実はもう一枚チケットを用意していて、一緒に行く可能性を探っていた。

しかし結局、相変わらず遠慮がちな杏奈を目の前にしてそれを望んでいるとは思えず、彼女ひとりを個展へと向かわせた。

もしもふたりで個展に行こうと誘っていたら、杏奈はどんな反応を見せただろう。

「……今さら、だよな」

響は思いにふけっていた思考を引き戻し、胸の奥に広がる甘い切なさを押しやる。

そして一度深く息を吐き出し気持ちを切り替えると、目の前の社長室のドアをノックした。今朝、出社した早々、基に呼び出されたのだ。

すると待ちかねていたのか即座に扉が開き、中から社長秘書の男性が顔を出した。

「副社長、おはようございます。社長が先ほどからお待ちですよ」

「おはようございます。こんな朝早くからいったいなにがあった――」

「社長賞だよ、おめでとうっ」

「な、なに……？」

社長室に足を踏み入れた途端、興奮した基が目の前に現れ、響はたじろいだ。

「社長賞だよ、社長賞。まあ、当然だよな」

基の弾む声が続けざまに社長室に広がり、響はここに呼び出された理由を察した。

「歴代最高の売り上げを記録しただけでなくＳＮＳを通じた社会現象を起こしたんだ。誰にも文句は言わせない。今回の結果に対して社長賞を授与する」

見ると基が商品開発部の担当役員である専務を前に、満足そうに笑っている。

「社長賞か……」

響はその事実をようやく理解し、じわじわと気持ちが高ぶるのを感じた。

「杏奈ちゃん、実は商品開発にかなりの才能があるんじゃないのか？」

よほど杏奈の活躍がうれしいのだろう、基は喜びを爆発させている。

専務も秘書も、杏奈が響たちと昔からの知り合いだと知っているとはいえ、その立場を忘れたはしゃぎっぷりに、響は肩をすくめる。

響はふと杏奈が就活の最終面接に残っていると聞いた日のことを思い出した。

あの日も基は大騒ぎし、右往左往していた。

あれから四年が経ち、杏奈は社長賞受賞の立役者になるまでに成長した。

杏奈の仕事ぶりは社内に広まり、複数の部署が杏奈を欲しいと名乗りを挙げているほどだ。

それに……と、響は思う。

今回の経験を通じて杏奈は大きく変化した。

一番の変化は、響への遠慮がわずかにでも消えたことだ。仕事で結果を残したことで少なからず自信が生まれ、響とのやりとりにも柔らかな笑顔が加わるようになった。

それこそ響が待ち望んでいた笑顔だ。

「あ、杏奈ちゃんにはまだ言うなよ。来週の取締役会で報告してから公表してほしいって秘書課の連中に釘を刺されたよ。本当なら今すぐここに杏奈ちゃんを呼んで伝えたいところだが。本当、色々面倒だな」

そわそわしている基に苦笑しながら、響も杏奈の喜ぶ顔を想像し待ち遠しさに胸を震わせる。

プロジェクトの成功と社長賞が杏奈の自信となり、響との距離がさらに縮まるきっかけとなればいい。

響は杏奈に想いを伝えるそのときに向けて、気持ちが高まるのを感じていた。

バレンタイン直前の金曜日。商品開発部のメンバーは、始業早々部内の中央に集められていた。

「今回のプロジェクトの成功により社長賞が決まった。この五カ月厳しいスケジュールだったにもかかわらず力を尽くしてくれて、本当に感謝してる。お疲れ様」

前方に立つ響からの発表を聞き、部内は沸き立ち拍手の波が広がった。

杏奈が応募したアイデアがきっかけで集中販売された板チョコは、初川季世のこれまでにない作風とコンセプトが注目を浴び、歴代最高の売り上げを記録している。

大切な人に感謝を込めてプレゼントする動画募集も好調で、中でも八十代の夫婦が相手への感謝と変わらぬ愛情を板チョコに託して贈り合う動画は、テレビ番組の取材を受けるほど話題となった。

控えめに言っても今回のプロジェクトは大成功。企業評価も高まり、株価がストップ高をつける日も珍しくなかったほど。

その結果、社長賞が決まったのだ。

社長賞は全社で年に一件あるかないかで、毎年多くのヒット商品を生み出している商品開発部でさえ、これまでの受賞は片手で数えられるほどだそうだ。

バレンタイン当日を待たずに受賞が決まるほどの好調な売り上げと反響の大きさ。杏奈は軽い気持ちで応募した日を思い出し、人生いつなにが起きるかわからないと、改めて感じていた。

響はひとしきり盛り上がった部署内が落ち着くのを待ち、再び話し始める。

「今回のプロジェクトはホワイトデーの終了後、三月いっぱいで解散する。発案者の三園さんは、新年度の四月に総務部に戻ることが正式に決まった」

部内のあちこちから視線が向けられ、杏奈は居心地の悪さにうつむいた。以前に比べれば慣れたものの、注目されるのは今も苦手だ。

「おめでとう。だけどせっかくうちの仕事に慣れたんだ、このまま残ればいいのに」

隣に立つ桐原から本気の声で話しかけられ、杏奈は苦笑する。

二月に入り、プロジェクトのゴールが見えてからというもの、桐原は連日同じ言葉を繰り返している。

だがもともと期間限定での異動で、総務部も杏奈の復帰を望んでいることもあり、このまま商品開発部にとどまる可能性はゼロだ。

もちろん引き留められて悪い気はしないが、たとえ選択権があったとしても、当初の予定通り総務部への復帰を選ぼうと杏奈は考えている。

商品開発部の全員が、杏奈にこのままとどまってほしいと思っているわけではないからだ。

「九月に発売予定の新しい宅配システムについてですが――」

歯切れのいい声が響き、杏奈は前方に視線を向けた。

さっきまで響が立っていた場所には、いつの間にか甲田がいた。切れ長の目はまっすぐ前を見つめ、自信に満ちた表情を浮かべている。

響から釘を刺されたせいか、最近は杏奈の業務に口を出さないが、ときおり離れた場所から疎ましそうな目で杏奈を睨んでいる。

やはり本気で杏奈を嫌っているようだが、いくら考えてもその理由が見当たらず、日々のストレスはかなりのものだ。

杏奈は遠目に彼女の姿を見ながら、最後まで嫌われたままだったなと、ぼんやり考えていた。

その日仕事を終えた杏奈は、響に連れられ和食料理店を訪れた。

無事にプロジェクトを終えた杏奈を労ってくれるそうだ。

ここは北尾家が長く懇意にしている店らしく、奥の個室に通されてすぐに料理長が顔を出し、響に挨拶をしていた。

杏奈は大きな座卓を挟んで響と向かい合い、腰を下ろす。

久しぶりにふたりでいると、つい意識して視線のやり場に困ってしまう。

商品開発部に異動して以来、それまで響との間にあった距離が少しずつ縮まっているように感じているが、ふたりきりの時間はまだまだ緊張する。

「ここにはよく来るの？」

杏奈は当たり障りのない会話で照れくささをごまかすことにした。

「ああ。最近は顔を出してなかったが、子どもの頃から来ていたんだ。母さんがここの炊き込みご飯が好きで、よく持ち帰ってたな」

杏奈は名医として知られている響の母の凜《りん》とした佇《たたず》まいを思い出す。

「料理はお任せで頼んでるけど、それでいいか？　前もって食材を仕入れてくれるんだ」

「ありがとう。でも、前もってって、いつここを予約したの？」

今日の午後たまたまエレベーターで響とふたりきりになったときに誘われたので、響の単なる思いつきだと思っていた。

「一週間ほど前かな。社長賞に決まったって内々で知らされて、すぐに予約したんだ」

「あ……そうだったの」

意外な答えに杏奈は驚いた。

「じゃあ、響君は一週間前には社長賞のことを知ってたんだ」

「ああ、父さん……社長から知らされて、専務と一緒に喜んだよ」

響は弾む声で答え、顔をほころばせる。

「とはいっても……これで杏奈にようやく言えると喜んでからが長かった。この一週間、早く言いたくて仕方がなかった」

響は身を乗り出し、杏奈を見つめる。

「わかる。うれしいニュースは早くみんなに伝えて一緒に喜びたいよね」

朝会で鳴り響いた拍手の音を思い出し、杏奈は微笑んだ。

「みんな？　いや、違う。社長賞のことならもちろん関わったメンバーには感謝してるが、そうじゃない」

響は杏奈の言葉をきっぱり否定する。

「そうじゃない？」

話がかみ合わず、杏奈は首をかしげる。響がなにを言いたいのかピンとこない。

「ああ。それに、言いたくても我慢していたのは一週間どころの話じゃない。杏奈がうちに入社することが決まってからずっと……。杏奈の顔を見るたび言いたくて仕方がなかった」

響は絞り出すような声でそう言うと、不意に表情を変え、杏奈をまっすぐ見つめた。

「響君？」

響が話したいのは社長賞のことではなさそうだ。だとすれば。

「まさか……」

いよいよ響の結婚が決まったのかもしれないと、杏奈は息をのんだ。

「杏奈に言いたいことがあるんだ。落ち着いて聞いてほしい」

「は、はい」

杏奈は不安で心臓がトクトクと音を立てるのを聞きながら、その場で姿勢を正した。

覚悟していたとはいえ、突然すぎて受け止められるかどうか自信がない。

「プロジェクトが成功しただけじゃなく社長賞だ。気をよくした経営陣がホワイトデー終了までプロジェクト継続を決めたのはうれしい誤算だったが、杏奈の頑張りが認められて、俺も誇らしい」

「えっと……」

予想とは違う話題に杏奈は口ごもる。

「あ、あの、買い被りすぎだけど、そう言ってもらえるとうれしい」

気を取り直し、笑顔で答える。

「買い被りじゃない。今回のことに俺との関係はいっさい影響していない。杏奈は自分の力で成功させたんだ。これからも俺の存在が杏奈の仕事に影響することはないし、逆に足を引っ張ることもないはずだ」

それはつまり、響が杏奈から離れてしまうということだろうか。

杏奈はやはり響の結婚が決まったのだと確信し、肩を落とした。

「だから正々堂々と俺のそばにいろ」

「え……今、なんて?」

杏奈は的外れな声をあげ、響をまじまじと見る。

響が結婚したあともそばにいろとはどういうことなのか、理解が追いつかない。

「失礼いたします」

そのとき部屋の入口から仲居の声が聞こえた。しばらくするとゆっくりと障子が開き、料理が運ばれてきた。

「まずはおいしい料理を楽しもうか。話はそれからだ」

「あ……うん」

なにからなにまでちんぷんかんぷんで、なにをどう尋ねていいのかもわからない。

そんな杏奈を響は愛おしげに見つめていた。


杏奈は子どもの頃から、というよりも物心がついたときから響に想いを寄せ、他の男性はいっさい目に入らなかった。

小学生の頃は、毎年七夕の短冊に〝響君のお嫁さんになりたい〟と書いていたが、成長し響と自分との立場の違いを知るにつれ、それは〝響君のために頑張る〟そして〝響君の役に立てる人になりたい〟と変化していった。

キタオフーズに入社してからは、立場の違いをさらに強く自覚し、お嫁さんになりたいと夢見ることもなくなっていた。

響のそばで役に立ちたい。今の杏奈の願いはただそれだけだった。

「杏奈がここに来るのは初めてだな」

キッチンから聞こえてきた響の声に杏奈は顔を上げ、過去の思いに沈んでいた意識を急いで切り替える。

「うん。夜景が綺麗な部屋だね」

ソファに腰かけたままキッチンを振り返り、杏奈は明るく答えた。

食事を終えて訪れた響の家は、地上三十階建てのマンションの最上階。リビングの大きな窓から見える夜景は圧巻で、東西に延びる大通りに浮かぶヘッドライトの帯と、夜に沈んだ海の漆黒とのコントラストはとても美しい。

響がここに越してきたのは二年前だが、杏奈が訪れるのは今日が初めてだ。入社して以来、響と距離を取っていたので、訪れる機会がなかったのだ。

今日も食事のあとすぐに帰るつもりだったが、響とふたりきりというシチュエーション、そしていよいよ響の結婚が決まったかもしれないという緊張感で気分が悪くなってしまった。

心配した響が店から近いからと自身の家に連れ帰ってくれたのはありがたいが、見覚えのない家具や家電が並ぶ部屋は落ち着かず、杏奈はソファに浅く腰かけそわそわしている。

「コーヒーでよかったのか？　紅茶もあるけど」

「うん。久しぶりに響君のコーヒーが飲みたかったの。ありがとう」

響がキッチンから現れ、ローテーブルにコーヒーを並べる。

コーヒー好きの響は昔から自身で豆をひいて飲んでいた。キッチンに高性能のコーヒーメーカーがあるのに気づき、杏奈は思わずコーヒーをリクエストしたのだ。

何年かぶりの芳醇《ほうじゅん》な香りが懐かしく、わずかだが緊張が解けていく。

「洸太さんにはあとで送っていくと連絡しておいたから」

響は思い出したようにそう言うと、杏奈の隣に腰を下ろす。

こぶしひとつ分の距離に響の体温を感じ、杏奈は身体を震わせた。

「ありがとう。でも響君と一緒だって知ってるから、わざわざよかったのに。遅くても心配しないと思う」

家族ぐるみの付き合いで信頼が厚い響と一緒なら、心配どころか安心するはずだ。

「俺も洸太さんに話があったから、ちょうどよかったんだ」

「話？」

響は小さく頷くと、手にしていたカップをローテーブルに置き、身体ごと杏奈に向き直る。

「あの……」

こぶしひとつ分の距離すらなくなった。触れ合った脚から伝わる響の体温に、杏奈は息を止めた。

「杏奈とも話をしたい」

響は強い口調でそう言うと、ソファの背に片腕を置き、杏奈を囲うように身体を寄せた。

黒い瞳がいつも以上に深みを帯びていて、目を逸らせず吸い込まれそうになる。

「な、なんの話……？」

そう口にしながらもいよいよ響から結婚すると告げられるのだと察し、全身に痛みを覚えた。

杏奈は覚悟を決め、響からの言葉を待つ。

すると響は両手で杏奈の頬を包み込み、ゆっくりと口を開いた。

「結婚しよう、杏奈」

覚悟を滲ませた声が、部屋に広がった。

「あの……え、結婚……？　私と？」

杏奈は呆然とつぶやいた。

「俺と結婚してほしい」

凛とした声に響の本気を感じ、杏奈は息をのむ。

「で、でも……どうして、私……？」

これまでいっさいそんな素振りを見せなかった響から、どうしてプロポーズされているのか、まるでわからない。

あまりの驚きで全身から力が抜け、それ以上なにも言えずにいると。

「杏奈と結婚したい」

切迫した言葉とともに響の手に力が入り、お互いの顔がぐっと近付いた。

「杏奈に俺のそばにいてほしい」

熱心に言葉を重ねられ、杏奈はたまらず目を閉じた。

全身が熱を帯び、うまく息ができないほどの喜びで心臓はばくばく音を立てている。

今すぐ響からのプロポーズに頷きたい。

心からそう思うが、現実を考えるとそれは無理だ。

大人になるにつれ、自分は響にはつり合わないと身に染みて感じるようになった。

とくにキタオフーズに入社してからは、その思いが強くなっている。

自分以上に響にふさわしい女性がいるのは明らかで、響と結婚するなどあり得ない話だ。

それがわかっていても、長く想い続けている響からのプロポーズだ。響との未来を完全に手放してしまうのが怖くて、簡単には断れない。

「杏奈……？」

響が目の前で気づかわしげに杏奈を見つめている。

杏奈の胸に強い痛みが走った。

子どもの頃から杏奈を見守り大切にしてくれた響。

他の誰よりも大好きな響の将来を考えれば、ここで感情に流されてプロポーズを受けるわけにはいかない。

杏奈はひと呼吸置いて、気持ちを整えた。

「ごめんなさい。大丈夫。でも、私は響君とは結婚できな――」

「結婚できないとは言わせない」

絞り出した杏奈の声を、響はあっさり遮った。

「でも……」

「桐原……彼のことはどう思ってるんだ？」

「え、桐原さん？」

杏奈はきょとんとする。

聞き間違いだろうか。どうして響の口から桐原の名前が出てきたのか、まるでわからない。

「最近、かなり親密に見えたが、桐原の存在があるから俺と結婚できないのか？」

「ち、違う」

杏奈は勢いよく首を横に振る。

「桐原さんには仕事でお世話になってるしもちろん頼りにしてるけど、好きとかそういう対象として考えたことは、一度もない」

桐原は商品開発のいろはを熱心に教えてくれた信頼できる先輩。ただそれだけの存在だ。

杏奈は響にきっぱりと告げ、力強く頷いた。

「桐原さんも私のことは手がかかる後輩だとしか思ってないよ」

「……それは、どうかな」

響は少しの間を置いて、くぐもった声でつぶやいた。

「響君？」

響の声がうまく聞き取れず、杏奈は問い返す。

「わかった。桐原のことはもういい」

響はそれまでの硬い表情をわずかに緩め、杏奈に向き直る。

「だったらどうして俺と結婚できないんだ？　俺は杏奈と結婚したい。杏奈も同じ気持ちじゃないのか？」

「それは……」

杏奈は響がこれほど杏奈との結婚にこだわっているとは思わなかった。

結婚を望む理由がなんであれ、杏奈が断ればあっさり引き下がると思っていたのだ。

「だって……響君と私じゃ立場が違いすぎるから。本当なら響君のような立場の人と私が出会うことはなかったはずだし」

父親同士が親友というだけで無条件にかわいがられてきたが、それがどれだけ特別なことなのか、今はよくわかっている。そのうえ結婚など、響の将来を考えればできるわけがないのだ。

「私は響君にはふさわしくないから……」

何度も自分に言い聞かせてきた言葉だが、いざ口にすると思いの外堪《こた》える。

「考えすぎだ」

響は杏奈の身体を引き離し、そっと息をつく。

「杏奈が結婚をためらう理由がそれだけなら、悩まなくていい」

「でも、現実的だとは思えない。響君なら私よりもっとふさわしい人がいるはずだし」

「現実的じゃないなんて、誰が決めたんだ？　俺はなにに対しても真摯に向き合って一生懸命な杏奈こそそばにいてほしいんだ」

「な、なにを言って……」

想いが込められた言葉が胸を熱くし、杏奈は声を詰まらせた。

それほどの強い思いで結婚を望まれていると知って、これ以上拒み続けられるほど強くない。

なにより、子どもの頃からずっと響のお嫁さんになりたかったのだから。

杏奈は頑なだった心が、大きく揺れるのを感じる。

「他に気がかりがあるなら俺が順に消していくから言ってくれ」

抵抗をやめ黙り込んだ杏奈に安心したのか、響は優しく杏奈の顔を覗き込む。

「もちろん仕事は続けていいし、もしも家庭に入りたいならそれでもいい。だけど、今辞めるのは周りが許さないだろうな。あれだけの売り上げを出したら次もやってみないかって話が出るだろうし」

誇らしげに笑う響につられ、杏奈もつい笑顔を返す。

「今回は商品開発部の皆さんが前面に立って引っ張ってくれたから。とくに桐原さん。あ、野尻部長も何度も連絡をくれて」

「あ、野尻部長の娘さん六月に結婚するんだ。見合いで縁があったみたいであっという間に決まったらしい」

「お見合い……？」

その言葉になにかが引っかかる。

「ああ。娘さんは幼稚園の先生で、世話好きな保護者の紹介で見合いしたそうだ」

「そうなんだ。あ、でも野尻部長は娘さんのことを溺愛してるから、寂しくて仕方がないかも」

顔で笑いながらも落ち込む野尻の姿が目に浮かび、杏奈は肩をすくめた。

「そういえば、響君にもお見合いの話がたくさんあるって聞いてる」

見合いと聞いて引っかかったのは、このことだ。

「俺の見合い？」

「そう。それもかなりの数」

以前ロッカー室で耳にした話を思い返す。

「弁護士とか政治家の身内とか、立派な家柄の女性とのお見合いの話がいくつも持ち込まれてるって」

「見合いなら最初から受けるつもりはないから釣書《つりがき》も見ずに全部断ってる。一度でも受けると次から簡単には断れないからな。だったらいっそ最初からすべて断った方がいいんだよ。それにしても弁護士とか政治家か。知らなかったな」

他人事《ひとごと》のように話す響に驚き、杏奈は目を瞬かせた。

「知らなかったの？」

「ああ。見合いはいっさい受けないって父さんには何度も言ってるのに、一度くらい会ってみろって全部俺に持ってくるんだよ。だから俺も全部見ないで突き返してる。仕事の付き合いがあるにしても、俺が結婚するまで続きそうで厄介《やっかい》なんだ。無駄に悩む時間があるならその分仕事に集中したい」

響は憮然《ぶぜん》とした表情を浮かべため息をつくと、杏奈の顔を覗き込んだ。

「だからそのことは気にしなくていい。見合いを受けたこともなければ、この先受けるつもりもない。杏奈と結婚したら、もちろん見合いの話がくるはずもない」

「うん……」

「杏奈と結婚するとなれば、父さんは泣いて喜ぶな」

「そう……かな」

杏奈は力なく答え、まとまらない頭の中を整理する。

つまり響は、会社への影響を考えてすべての見合いを断り続けてきた。一方で基は、響に見合いをさせてでも早く結婚してほしいと考えている、ということだ。

「……だからか」

ロッカー室で耳にした話と一致する。それに、前に桐原も響のことで『いっそ適当な相手と結婚すれば楽になるのに』と言っていた。

響が杏奈に結婚しようと言い出したのは、これ以上見合いのことで煩《わずら》わされたくないからだと察しがつく。

結婚すれば当然、見合いの話はなくなり仕事に集中できる。父親同士が親しい杏奈が相手なら家族も認めると考え、杏奈との結婚を思いついたのだろう。

愛されているからではなく、見合いから解放されるために、杏奈は選ばれたのだ。

「だったら……私と結婚するのは、お見合いの話がこなくなって仕事に集中できるから――」

「さっきも言ったが、見合いの話なんてくるわけないだろ。既婚者に見合いの話を持ち込むような相手なら、付き合いを考え直す」

響は杏奈の言葉を遮り、きっぱりと言い放つ。

「そ、そうだよね」

やはりこれ以上見合いの話に振り回されたくなくて、杏奈にプロポーズしたのだ。

「当然だろ。悩む以前の話だ。何度も確認するほど気になってたのか？」

響は申し訳なさそうに杏奈の顔を覗き込んだ。

「悪かった。気分のいい話じゃなかったな。だけど一度も受けたことはないし、これからもそうだ。杏奈と結婚するのに見合いなんてするわけない」

「うん、わかってる」

その点を心配しているわけではないのだが、響は質問の意図を取り違えたようだ。

本当は、見合いの話がこなくなれば仕事に集中できるのかどうかを、確認したかったのだ。

「杏奈、見合いのことは心配しないでいいから、俺と――」

「結婚してください」

響の声に被せ、杏奈は想いを伝えた。

愛されての結婚ではないかもしれないが、響が見合いから解放され仕事に集中できるならそれでいい。

今まで愛情深く見守り大切にしてくれた響への感謝に代えて、今度は自分が響の幸せを守り、支えたい。

「いきなりすぎるだろ。最後まで俺に言わせてほしかったよ」

響は拍子抜けしたように苦笑すると、杏奈の肩に額を押しつけ深く息を吐き出した。

「あ……ごめんなさい」

「いや……しばらくこのままでいいか？　かなりホッとしてる」

肩口に届く響のくぐもった声に、杏奈は顔をほころばせる。

「いつまででも大丈夫。これからだって、いつでも頼ってくれていいよ」

響の役に立ちたいと願い生きてきた杏奈にとって、このシチュエーションはご褒美《ほうび》のようなもの。いつでもこんな風に頼り甘えてほしいくらいだ。

「やっぱり頼もしいな。それも杏奈の魅力のひとつだな」

響は身体を起こすと、杏奈の頬にかかる髪を優しく後ろに梳く。その指先の優しさに、杏奈の身体が小さく震える。

「ありがとう。でも、あの」

気づけば響は杏奈の目尻を親指で優しく撫でている。

まるで壊れ物を扱うかのような繊細な動きに顔がかあっと熱くなり、杏奈はたまらずぎゅっと目を閉じた。慣れない刺激で、心臓もトクトク音を立てている。

これからこういうことにも慣れていくのだろうか。なんの経験もない自分の未熟さが情けない。

「杏奈、俺を見ろ」

響の声に促され、杏奈は恥ずかしさを押しやりゆっくり目を開いた。

「……なっ」

視界いっぱいに優しい目をした響の顔があり、あまりの近さにたじろいだ。

響はふっと笑い、その端整な顔をさらに杏奈に近付け、そして。

「もっと早くこうしたかった」

待ちわびた声でつぶやき、キスをした。


「今日は遅いから日を改めた方がいいと思う」

タクシーを降りた杏奈は、両親が営む店の前で遠慮がちに響に声をかけた。

そろそろ日付が変わる時刻。店の営業を終えた両親が中で待っているはずだ。

「洸太さんと約束してるし、このままお邪魔させてもらう」

そう言って杏奈を見下ろす響は、平然とした表情を浮かべている。

響は洸太に今夜杏奈に結婚を申し込むつもりだと伝えていたらしい。

そのときに杏奈の返事がどうであれ店まで送り届け、顔を出すよう言われたそうだ。

「それはそうかもしれないけど、やっぱり……」

響と結婚すると決めたのは、ほんの一時間ほど前。まだ実感が湧かず、こうして響と並んでいてもこれは夢かもしれないと考えてしまうほどだ。

だから家族への報告はもう少し気持ちが落ち着いてからにしてほしいと何度も訴えたが、響にそのつもりはないらしい。

「待たせてるから行くぞ」

響はどうしても今夜のうちに、挨拶を済ませたいようだ。

「俺に任せておけばいいから、なにも心配するな」

響は気後れしている杏奈の手を取り、耳もとに甘い声でささやいた。

「心配はしてないけどあまりにも急すぎて……なんだか現実とは思えない。夢を見てるみたい」

耳をかすめる響の吐息に、杏奈は震える声でつぶやいた。

いつ結婚が決まったと報告されてもおかしくないと覚悟していたのに、いきなりプロポーズされ、結婚の意思をふたりで確認し合ったのだ。まるで夢のような展開に、心が追いつけずにいる。

すると響は杏奈の身体を胸に引き寄せ、強く抱きしめた。

「ひ、響君っ」

気づけば響の胸に顔をうずめ、全身が響の体温に包まれている。

「杏奈」

響の熱を帯びた声が肩口に落とされ、いっそう強く抱きしめられる。

「んっ」

響の腕にぎゅっと力が入り、杏奈は突然の息苦しさに思わず声を漏らした。

「夢じゃないだろ？」

響はくすりと笑い、抱きしめる腕の力をそっと緩めた。

「現実なんだよ。俺と杏奈が結婚するのも、今こうして俺に強く抱きしめられているのも、夢じゃない」

響は甘い声音でゆっくりと言い聞かせる。

「あ……うん」

杏奈は照れくささに頬を赤く染め、頷いた。

たしかに響の身体が熱いのも、ぎゅっと抱きしめられてドキドキしているのも、現実だ。

結婚を決めてここにいるのは夢じゃない。

「納得できたか？」

「うん」

「じゃあ、行くぞ」

響は満足げにそう言うと、再び杏奈の手を取り店に向かって歩き始めた。

「……っ、響君」

焦る杏奈の声に振り返ることなく、響はまっすぐ店に向かう。

躊躇《ちゅうちょ》ない足取りと余裕が感じられる背中。この状況を楽しんでいるように見える。

それほど見合い話から解放されるのがうれしいのだろうか。

杏奈は軽快に歩く響の後ろ姿を眺めながら、全身を包み込む夢のような幸せに心を高鳴らせながらも、胸がちくりと痛むのを感じた。


「杏奈さんと結婚させてください」

響は迷いのない声でそう言うと、目の前に並ぶ杏奈の両親に向かって深々と頭を下げた。

「俺からもお願いするよ。我が家にとっても杏奈ちゃんは娘も同然。必ず幸せにするから、響と結婚させてやってほしい」

響に続き、なぜか響の父親の基までもが頭を下げている。

揃って頭を下げる親子を前に、杏奈はこの展開に気持ちが追いつかず、頭がくらくらしていた。

今日たまたま店に来ていた基は、洸太から響が杏奈にプロポーズすると聞き、そのまま店に居座り杏奈たちの到着を待っていたそうだ。

響が両親に挨拶するというだけでも緊張していたが、そこに基までもが加わって、杏奈の緊張は最高潮だ。

「基も響も頭を上げろ。俺たちが反対するわけないってわかってるだろ」

洸太の呆れた声に、響と基は頭を上げる。

八人掛けのテーブル越しに響を見ると、杏奈と違い落ち着き払っている。

基に至っては喜びを抑えきれないとばかりに目尻を下げ、口もとを緩ませている。

そわそわしながら向かいの席に並ぶ、杏奈たち家族との差は一目瞭然だ。

「それにしてもいきなりだな。交際ゼロ日で結婚を決めるとは、驚いたよ」

「ほんと、びっくりしたわよ。まずお付き合いをするならわかるけど、結婚なんて。反対はしないけど、やっぱり心配よ」

洸太と並び響たちの話を聞いていた杏奈の母は、不安げに顔を歪め、ため息をつく。

「響君のことはもちろん信用してるのよ。でも、結婚となると杏奈はいずれキタオフーズコーポレーションという巨大企業の社長夫人よね。そんな重責を杏奈が背負えるのかしら。杏奈にとってそれが幸せかどうかも、正直わからないの」

「社長夫人……」

家族ぐるみの付き合いが長いふたりに気を使いながらも、親として正直な思いを口にする母の言葉に、杏奈はようやく気づく。

母が言う通り、響と結婚するということはいずれ社長夫人になるということだ。

見合いという面倒事から響を解放し、仕事に集中させてあげたくて結婚を決めたが、このまま順当に進めばいずれ杏奈は社長夫人だ。

「そんな……」

ただでさえ人前に出るのが苦手な自分に、そんな大役が務まるとは思えない。

社員だからこそ、キタオフーズコーポレーションの社会的存在意義や世間からの注目の高さを肌で感じているうえに、そのトップである基の苦労は子どもの頃からそれなりに見てきた。

その場所にいずれ立つ響の妻として、自分が責任を果たせるのかどうか自信がない。

杏奈は自分の浅はかさにどっと落ち込んだ。

「杏奈」

顔を上げると、安心させるように笑う響と目が合い、わずかに心が軽くなる。

響は表情を引きしめ姿勢を正すと、杏奈の両親にまっすぐ向き合った。

「ふたりのご心配はわかります。たしかに俺と結婚したら、近い将来、杏奈は社長夫人だ。肩書きのせいで面倒な思いをさせてしまうこともあると思います」

杏奈の母の言葉に動じた様子もなく、響は落ち着いて話し始めた。

「ただ、俺は杏奈に社長夫人になってほしいわけじゃなく、夫と妻としてふたりで幸せになりたい。その立場のせいで杏奈が苦労することがあれば、そのときは俺が守ります。そして、必ずふたりで幸せになります。だから俺たちの結婚を認めてください」

再び頭を下げる響の隣で、基も慌ててそれに倣《なら》う。

これではどちらが親なのかわからない。

「杏奈ちゃんのことは俺に任せてくれ。なんなら毎日杏奈ちゃんとここに食べに来てもいいぞ。だからよろしく頼む」

そう言って胸の前で両手を合わせる基のおどけた仕草に、洸太は噴き出した。

仕事では辣腕《らつわん》ぶりを発揮し経営者として一目置かれているが、基は本来こうした大らかな男性だ。響も苦笑している。

「基が言うと、本当に毎日押しかけられそうだから怖いよ。それにどうせなら響とふたりで顔を出してもらった方が安心だ。な、杏奈もその方がいいよな」

「う、うん……」

突然話を振られ、杏奈は口ごもる。

杏奈の両親に向けた響の真摯な言葉が胸に響き、それ以外なにも考えられないのだ。

響にとって杏奈との結婚は、面倒な見合い話から解放されるための手段だとしても、杏奈を大切に思う気持ちに嘘はない。

それに響との結婚を望む女性はたくさんいるはずなのに、自分を選んでくれた。

それだけで、響とともに生きる未来を望む気持ちがどんどん大きくなっていく。

「杏奈」

響の話に耳を傾けていた杏奈の母が、口を開いた。

「杏奈はどうなの？　響君と結婚したい？」

「うん。結婚したいと思ってる」

杏奈は身を乗り出し即答する。

「そうよね。杏奈はずっと響君が好きだったものね」

杏奈の答えに、母は苦笑する。

「だけど、お母さんの心配もよくわかってる。社長夫人なんて大役、私に務まるとは思えないし、響君の役に立てる自信もないし……」

自分の言葉に自分で傷つくが、それが現実だ。受け入れるしかない。

「だけど、響君と結婚したいの。一緒に幸せになりたい」

杏奈は両親をまっすぐ見据え、きっぱりと告げた。

「……そう。わかったわ」

杏奈の母はそれまでの不安げな表情を消し、晴れやかな笑みを浮かべている。

「杏奈がそこまで言うなら、響君とふたりで幸せになりなさい。力になれることがあれば、私たちも手を貸すから、頑張りすぎないで」

「うん……」

母から背中を押され、杏奈の中にじわじわと勇気が湧き上がってくる。

なにかあれば手を差し伸べてくれる味方がいる。

そう思うだけで乗り越えられる気がするから不思議だ。

「ありがとう。とにかく響君の役に立てるように頑張ってみる」

今はまだ響の妻としての役割など見当もつかないが、せめて足を引っ張ることがないよう努力しよう。

杏奈はそう決意し、目の前で安堵の笑みを浮かべている響にこくりと頷いた。

「そこまで大げさに考えなくていいぞ。もっと気楽でＯＫ」

基は杏奈の決意をやんわり否定する。

「俺の妻、一応彼女も社長夫人だけど、医師としての役割を果たすのに夢中で、そんなことすっかり頭から消えてるぞ」

苦笑交じりに話す基の隣で、響も大きく頷いている。

「俺たち夫婦が顔を合わせる日なんてひと月のうち十日もない。一緒に食事をとるのも週に一度あればいい方だ」

「え……」

杏奈はふたりの想像以上の忙しさに目を丸くする。

「今日も、連絡したときは響の人生の一大事だからここに顔を出すって言ってたけど、十分後には急患が運ばれてきてそれどころじゃないってメッセージが届いたよ。まあ、いつものことで慣れてるが」

その言葉に嘘はないらしく基は別段気にする様子もなく、「ただ体調だけが心配だよ」とつぶやいている。

「それでも俺たちは幸せだし、会社も順調に大きくなってる。だから杏奈ちゃんは必要以上に立場を意識しなくていい。第一、社長夫人のサポートに頼るような会社だったら、とっくにどこかの企業に吸収されてる」

「あ……そうか」

言われてみれば、その通りかもしれない。

基は妻に社長夫人としての立場を求めず、医師として邁進する彼女を愛情深く見守っている。たとえ一緒にいられる時間が少なくても、ふたりは互いを信頼し愛し合っているのだ。

「俺が言いたいことを父さんに全部持っていかれたけど。だから安心して俺の妻になってほしい」

苦笑交じりの響の力強い声に杏奈は大きく頷くと、そのままゆっくりと頭を下げた。

「ふつつか者ですが、末永くよろしくお願いします」

杏奈はその言葉とともに結婚への迷いを捨て、理由はどうであれ響と幸せになろうと改めて覚悟を決めた。


結婚を決めてからの動きは早く、両家が顔を合わせた翌日には、七月末に結婚式を挙げることが決まった。場所は国内屈指の高級ホテルで、三百人収容の大広間だ。

国際会議の日程変更によるキャンセルを知った基がその場で予約を入れたらしいが、

通常は一年以上先まで予約が入っている人気のホテル。

基は自身のファインプレーだと誇らしげに響に伝えたそうだ。

大企業御曹司の結婚という規模が大きな宴になりそうなことに加え、準備期間が五カ月とタイトなことから早々にスケジュールが組まれた。

今日も担当者と何度目かの打ち合わせがあり、終業後、響の運転でホテルに向かっている。

響との結婚が決まってからまだ一週間とは思えない展開の速さ。

杏奈はこの状況についていくだけで精一杯だ。

「勝手に決めて悪いな。杏奈にも結婚式への憧れとかあるはずなのに、父さんはそのあたりのことに気が回らないんだ。あれだけ仕事はできるのに、それ以外は鈍感」

響はハンドルを切りながら、ため息をつく。

「余計なおせっかいはやめろって母さんから説教されてたよ」

「全然おせっかいじゃないのに。それに憧れはないから気を使わないで。恋人がいたこともないから結婚は身近じゃなくて、ちゃんと考えたこともなかったし」

子どもの頃から響しか目に入らず恋愛は未経験。具体的に結婚を考える機会はほぼなかった。

「だから憧れだけじゃなくて知識もないの。結婚式の準備がこんなに楽しいって知らなかったし」

「楽しい？」

響は杏奈の意外な反応に驚く。

「楽しいよ？　おかしいかな？」

準備は始まったばかりだが、担当者との打ち合わせは見聞きするものすべてが初めてのことばかりでつい夢中になり、あっという間に時間が過ぎていく。

当日の会場イメージやウェディングドレスのデザインなどが提案されれば、まるでおとぎ話の世界のようだとうっとりしてしまう。

「気を使う決め事ばかりで面倒じゃないのか？」

「全然。響君と相談しながら決めるのは楽しいし、普段縁がない高級ホテルに気兼ねなく行けるなんて最高だもん。この間会場や客室を案内してもらったときは、前の日からワクワクしすぎて眠れなかったくらい」

「ワクワクか……そうか、眠れないほどワクワクしたのか」

響は小声でつぶやくと、減速し大きくハンドルを切った。

車は目的地のホテルに着き、そのまま正面玄関へと向かう。

「このあともワクワクするんじゃないか？」

響は正面玄関にスムーズに車を止め、シートベルトを外す。

「ウェディングドレスを見せてもらえるんだよね。実は昨夜もワクワクして明け方まで眠れなかったの」

響の強い希望でウェディングドレスはオーダーメイドで用意するのだが、デザイナーとの打ち合わせの前に、イメージを膨らませるためにホテルがレンタルしているドレスを見せてもらうのだ。

「……今夜も眠れないと思うぞ」

響は杏奈の頬を手の甲でサラリと撫で、意味深な視線を向けた。

「Aラインもお似合いですね」

杏奈がウェディングドレスに着替えて試着室から出ると、ウェディングプランナーの女性が杏奈の全身を確認し、その合間にスマホを向けている。

Aラインと呼ばれるドレスは、シルエットがアルファベットのAのように裾が広がったデザインで、ここ最近では一番人気だそうだ。

「シンプルなシルエットですがこちらのドレスのようにリボンやレースで装飾すると

イメージがガラリと変わりますので、デザイナーさんと相談されるといいですよ」

試着を始めてから一時間、彼女は慣れているのかあらゆる角度から杏奈にスマホを向け、写真を撮り続けている。

その都度シンプルかつ的確なアドバイスをくれる、頼りになるプランナーだ。

今試着している、鎖骨と肩が露出するオフショルダーのデザインも、杏奈に似合いそうだという意見を取り入れて選んでみたが、その意見は正しかったようだ。

「このまま連れて帰りたいくらい似合ってるな」

邪魔にならないよう少し離れて眺めていた響が、感心する声でつぶやいている。

「もちろん前の三着も杏奈に似合っていたが、これが一番しっくりくる」

響は声を弾ませ近付くと、ドレス姿の杏奈をじっと見つめ頷いている。

ここまで試着した他のドレスと比べると桁違いに反応が大きく、響の一番のお気に入りはこれだと簡単にわかる。

「杏奈はどれが一番気に入った？」

響の期待を含んだ声に、杏奈はそっと笑みをこぼす。答えはひとつしかないだろう。

「私もこれが一番かな。あまり背が高くない私でもシルエットが綺麗に出てる気がするから」

「気が合うな。ひと目見た瞬間に、これが杏奈にぴったりだって思ったんだ」

杏奈の言葉に気をよくし、響は目を細め笑っている。

普段は見せることのないデコルテが露わになっていて照れくさいが、響がこれほど気に入っているのなら他に選択肢はないだろう。

するとプランナーがラックにかかっているドレスを指し示し、杏奈に声をかける。

「あと何着かご用意していますが、ご試着されますか？」

「いえ、もう十分です。ありがとうございました」

迷わず答え腰を折る杏奈の隣で、響も頭を下げている。

「とても参考になりました。このドレスをベースにしてデザイナーさんと相談させていただきます。ありがとうございました」

響は礼を述べ、愛おしげに杏奈に微笑みかけた。


「……今日はウェディングドレスを試着するだけだったと思うけど」

見るからに上質な家具で整えられた広い部屋を見回し、杏奈はつぶやいた。

「ここって一般の客室じゃないよね。もしかして、スイートルーム？」

「正解。予想以上に広いし夜景も綺麗だな」

窓際に立ち眼下に広がる夜景を眺めながら、響は感嘆の声をあげている。

「うちから見える夜景もなかなかだけど、海が遠い分光の面積が広がって圧巻だな」

ここは地上四十階で響の自宅よりも少しだけ地上から遠い。その分視界が広がり光の数も増えるのだろう。

「夜景はたしかに素敵だけど……」

ウェディングドレスの試着を終え、簡単な打ち合わせを済ませば帰ると思っていたが、響はなぜか客室に向かうエレベーターに乗り込んだのだ。

杏奈はどうしてここに連れてこられたのかわからず、部屋の中を見回した。

白と濃紺で統一されたリビングには高級感溢れる家具が並び、奥の扉の向こうは寝室のようだ。当然だが室内は広々としていて、居心地はかなりいい。

「ここって結婚式の日に泊まる部屋？　この間みたいに下見をさせてもらえることになったの？」

結婚式当日はホテルに泊まり、翌朝旅行に出発する予定だと聞いている。

「杏奈、おいで」

見ると、響が手招いている。

ソファの背にゆったりと身体を預けて足を組み、珍しくネクタイも緩めている。かなりのリラックスモードだ。

下見なら早く済ませた方がいいと思うが、響はスーツのジャケットまで脱いでいる。

杏奈は響の隣に遠慮がちに腰を下ろした。

スイートルームに響とふたりきり。

さすがに緊張し戸惑いもあるが、結婚式の予約を入れた直後にも、遠方からの招待客や親戚が宿泊する客室を案内してもらっているので、その続きのようなものかもしれない。

「下見なら、あまり長居しない方がいいと思うけど、大丈夫？」

「今日はここに泊まるから、気にしなくていい」

「え、泊まる？　どうして」

一瞬わけがわからず、杏奈は動きを止めた。

なにも聞いていないうえにこの部屋はスイートルームだ。気軽に泊まれるような部屋ではない。

「冗談はいいから、早く帰った方がいいと思う。遅くなると係の人にも悪いから」

「少し落ち着け」

杏奈の言葉に答える素振りも見せず、響は杏奈の腰に手を回し抱き寄せる。

「響君、話を聞いて――」

「話ならあとでゆっくり聞く」

素早く顔を寄せた響の吐息が鼻先をかすめ、杏奈がぴくりと肩をすくめたその瞬間。

「んっ」

響の唇が杏奈のそれに重なった。

とっさに響の胸に手をつき首を振るが、いつの間にか背中に回されていた響の腕に拘束《こうそく》されて動けない。

「響君っ……あっ……ん」

杏奈の唇を割って滑り込んできた響の舌が、杏奈の反応を探るように動き始める。

慣れない刺激に身体を反らすと拘束がさらに深くなる。

「ん……ふっ」

口内を動き回る響の舌に促され、杏奈は無意識に舌を差し出した。

誰からもなにも教わっていないのに、自然と響の要求に応える自分が信じられない。

待ちかねたように舌を絡ませ合う響の息遣いが、熱を帯びる。

「やっ……ひび……ん」

まるで食べ尽くすかのような深いキスを受け続け、杏奈の身体から次第に力が抜けていく。気を失ってしまいそうな感覚に脳内がくらりと揺れ、杏奈は弱々しい動きで両手を響の首に回した。

途端にさらに口づけが激しくなり、杏奈の口から震える吐息が漏れ落ちる。

「は……っ」

響は杏奈の耳たぶを指先で弄《もてあそ》んだかと思うと、焦《じ》らすような指遣いでうなじを撫でる。

「んっ……」

すでに赤みを帯びていた肌が粟立《あわだ》ち、喉の奥からはくぐもった声が絶えず漏れている。それが自分の声とは思えず、杏奈はあまりの恥ずかしさに目をうるませた。

「やだ……」

初めて知る身体の変化に気持ちが追いつかず、杏奈は逃げ出すように身体をのけぞらせた。

響の熱情を帯びた瞳がふと目に入り、杏奈の身体がぶるりと震えた。

「響君……っ」

大きく揺れた杏奈の身体を守るように響の手が伸び、ふたりしてソファに倒れ込んだ。

浅いバウンドを何度か繰り返すうちに、ふたりの呼吸も落ち着きを取り戻していく。

「……杏奈、平気か」

「わかんない……少し、怖くて……でも、うれしくて……なんで」

「ん。大丈夫だから、おいで」

初めて知る感覚に戸惑う杏奈の華奢《きゃしゃ》な身体を、響は腕の中に優しく閉じ込める。

素直に身を寄せた杏奈の身体は熱く、響の手がその熱を鎮めるように背中を優しく上下する。

「そんなに怖かったのか?」

杏奈はこくりと頷いた。

響から与えられた熱と刺激がまだ全身にくすぶっていて、うまく言葉が出てこない。

おまけに信じられないほど積極的にキスに応えていた自分が恥ずかしすぎて、顔を見せることすら今は無理だ。

「だったら怖くなくなるお守りを渡しておこうか」

「お守り?って、なんのこと」

響の腕の中、杏奈は首をかしげる。

「なんだろうな」

響はいたずらめいた声でささやくと、杏奈を抱きしめたままゆっくり起き上がる。

「……響君？」

突然抱き起こされ、杏奈は思わず顔を上げた。

響は杏奈の唇に触れるだけのキスをすると、ソファの背にかけていたジャケットのポケットから、小ぶりな箱のようなものを取り出した。

そしておもむろにソファを降りると、杏奈の正面で腰を下ろし片膝を立てた。

「え、どうしたの……？」

杏奈は突然のことに驚き、目を見開いた。

片膝を立てている響はまるで忠誠を誓う騎士のように見え、杏奈はその凜々しさに思わず息を止めた。

すると響はその姿勢のまま、手にしていたベルベットの小さなケースを杏奈の目の前に差し出した。

「え、これって……まさか」

杏奈は食い入るようにそれを眺めた。

響の手にすっぽり収まっている濃紺のケース。これがなんなのかを察し、期待で胸がいっぱいになる。

響は杏奈の目の前でゆっくりとケースを開いた。

「うわ……」

中から現れたのは、ダイヤモンドの指輪だ。

「綺麗……」

杏奈はその存在感と美しさに目を奪われ、動きを止めた。

初めて見るきらめきは圧巻で、それ以上言葉が出てこない。

響はケースの中から指輪を取り出した。そして杏奈にかしずく騎士のように片膝を立てたまま、杏奈をまっすぐに見据えると。

「結婚してください」

迷いのない声で想いを伝え、杏奈の左手薬指に指輪をそっと通した。

「あ……」

杏奈は声を詰まらせ、指輪が輝く薬指をじっと見つめる。

「改めて、俺の気持ちを伝えたかったんだ」

杏奈を見上げ、響はいたずらが成功した子どものように笑っている。

「これがお守り。なにかあったらこれを見て、俺を思い出すといい。俺はなにがあっても杏奈を手放さないし、幸せにする」

「う、うん……。でも、もう、びっくりさせないで」

杏奈は呆然とつぶやくと、左手をそっと目の前に掲げた。

センターダイヤの両脇にひっそり寄り添うメレダイヤが、眩しく光り輝いている。

薬指に約束された響の愛情と優しさが胸に溢れ、鼻の奥がつんと痛い。

「……響君っ」

頬に涙がこぼれ落ちた瞬間、杏奈は響の胸に勢いよく飛び込んだ。


その晩、豪華なスイートルームの寝室で、杏奈は初めて知る痛みに身体をのけぞらせながら、お守りというのはあながち冗談ではなかったのかもしれないと感じていた。

キスでさえ怖くて震えていたはずだが、お守りだと言って贈られた指輪をはめた途端、怖さや不安がすっと消え、響から与えられる痛みや苦しさに悦《よろこ》びすら感じ始めている。

「あっ……んふっ」

身体の奥を響の熱い塊《かたまり》で責め立てられるたび、杏奈は声が出るのを我慢できずにいる。

響の手や唇が杏奈ですら触れたことのなかった場所を次々と暴き、あまりの激しさに逃げようとするが、そのたび連れ戻され新たな熱が注がれる。

打ち込まれた楔《くさび》は今も、杏奈の身体の奥深くで小刻みに揺らされ、杏奈を決して逃がそうとしない。

長く続く快感に、杏奈の意識が次第に遠くなっていく。

「あっ……」

不意に身体はふわりと浮き、遠くに投げ出される感覚に大きく震えた。

響から与えられる今日何度目かの恐怖に身構え、同時に左手の指輪を思い出す。

それだけで不安が消えていくような気がするのだ。

「……ああっ」

楔を受け止めていた場所に熱いなにかが広がった。

杏奈はかすれた声をあげ、響の背中にしがみつく。

するとしっとり汗ばんだ響の肌に、杏奈の手が吸いつくように馴染んでいく。

「……大丈夫か？」

深い呼吸を繰り返し酸素を取り込む杏奈の額に、響の唇が触れる。

杏奈はわずかに残っている力を振り絞り、こくりと頷いた。

全身どこもかしこも疲れているが、それ以上の満ち足りた思いが身体中に溢れている。

響に抱かれ、杏奈は肌と肌の触れ合いがこれほど気持ちのいいものだと初めて知った。

「杏奈」

響が荒い息遣いとともに、杏奈を上から見下ろしている。

その目にはまだ、杏奈を求める荒々しい熱情が浮かんでいて、それを見た瞬間、杏奈の身体がぶるりと震えた。

響から目を逸らせない。

これまで感じたことのない感覚を次々と知り、杏奈は自分自身がたったひと晩ですっかり変わってしまった気がした。

それはすべて、響のせいだ。

ふたりでベッドに入ってしばらくは、響はなにもかもが初めての杏奈を気遣い優しく触れていたが、驚くほど快感に素直な反応を見せる杏奈の艶美《えんび》な身体に情欲をかき立てられ、すぐに手加減はなくなった。

杏奈の身体のすべてを探り、思うがまま嬌声をあげさせるようになるまで、そう時間はかからなかった。

今も杏奈の首筋を舌で刺激し、そのたび杏奈の身体が跳ねるのを楽しんでいる。

普段の優しいばかりの響が響のすべてではなかったのだと思い知り、杏奈はそんな響がこれまで以上に愛おしく思える。

素早く唇が塞がれた。

響は杏奈の唇を味わい吸い上げる。角度を変え、なにかを注ぎ込むように何度も何度も。

どれくらいの時間、こうして抱き合っているのだろう。

響に抱かれ続けている身体は、目を閉じればすぐにでも眠りに落ちそうなほど疲れている。

なのに身体は正直だ。キスが深まるにつれて『もっと』と声をあげ、再び熱を帯びていく。

「響君、私」

微かなつぶやきに、響は顔を上げ、その先を促すように杏奈を見つめる。

「私……」

杏奈はそれ以上言葉を続けられず、代わりに両手を伸ばし響にしがみついた。

身体の奥が疼いてどうしていいのかわからない。

すると響は喉の奥でくっくと笑い、そして。
杏奈の身体をうつ伏せにすると同時に細い腰を掴んで引き寄せ、固い熱を突き立てた。

第五章　〝愛してる〟は無敵

三月に入りホワイトデー終了と同時に板チョコの集中販売は終了した。

それに伴い今回のプロジェクトは三月末をもって解散となるが、新たなプロジェクトの発足が発表された。

それは来年度以降のバレンタイン商戦に向けたプロジェクトだ。

板チョコはバレンタイン終了時点でこれまでで最高の売り上げを記録していたが、ホワイトデーの動画募集を三月末まで継続したことでさらに売り上げが伸び、来年に向けたプロジェクトの発足が決まったのだ。

ただ、今後の指揮を執るのは広報宣伝部で、商品開発部がそこにメインで関わることはないようだ。

全社のネット掲示板に上がった新プロジェクトの詳細に目を通しながら、杏奈はようやく肩の荷が下りた気がしていた。

あとは今回のプロジェクトの報告書を作成すれば杏奈の仕事の大部分は終了し、四月からは総務部に復帰となる。

そろそろ六月末の株主総会の準備が本格化する時期で、四月以降も忙しくなりそうだ。

杏奈はパソコンの画面を報告書に戻し、入力作業を再開した。

「三園さん、ちょっといい？」

見ると午後から会議で席を空けていた桐原が立っている。

「あ、はい。いいですよ」

多くの仕事を兼任している桐原とは、最近では一緒に仕事をする機会が激減し、ゆっくり話す時間もない。

桐原は椅子を引き寄せ杏奈の隣に落ち着くと、手にしていた資料をデスクに並べた。

表紙には『あんしんつながり便』と書かれている。

あんしんつながり便は、キタオフーズの売り上げの柱である宅配料理事業の新商品で、九月に発売が予定されている。杏奈が高校生のときに響に招かれた商品発表会で紹介された宅配見守りシステムをブラッシュアップさせたもので、当時はワンオペで育児に奮闘する母親のサポートが目的だったが、今回は父親の育児参加や育児休暇の後押しが重点的に強化されている。

宅配料理事業は響自身がライフワークだと口にするほど熱意を持って進めている事

業で、あんしんつながり便も社会に貢献するシステムと位置づけ、力を入れている。

「あの、これがどうかしたんですか?」

杏奈は手前に置かれた資料を手に取り、中を軽く確認する。

「月末にあんしんつながり便で扱うメニューの試食調査があるんだけど、いくつか手伝ってもらいたいんだ」

「え、お手伝いですか?」

桐原は申し訳なさそうに頷いた。

「三園さんがプロジェクト専任でうちに来てるのはわかってるけど、今回はスケジュールが押しててそうも言ってられないんだ」

桐原は困ったように目尻を下げ、肩を落としている。

杏奈はここ数カ月、桐原がどれだけ忙しくても愚痴ひとつこぼさず業務に向き合う姿を見てきた。

業務が円滑《えんかつ》に進められるよう、チーム内での仕事の振り分けやスケジュール管理を引き受け、桐原自身も息切れするのではないかと心配になるほど精力的に動いている。

その桐原がこうして杏奈を頼るということは、よほど困っているのだろう。だったらプロジェクトでお世話になった桐原の頼みだ、断れない。

「私でよければ喜んで。お手伝いさせてください」

杏奈は躊躇なく引き受けた。

「ありがとう。助かる。ちょうど同じ日に工場で別の商品の試作が入ってて、そっちに人手がとられて困ってたんだ」

桐原はホッとした表情で息をつく。

「出張中の部長と課長にはさっき電話で許可をもらったし、安心して。あ、ちょうど部長と一緒にいた副社長にも伝えてもらって、そのまま総務部にも話を通してもらったから、完璧」

「はい。わかりました」

そういえばと思い出す。以前響は杏奈にプロジェクト以外の仕事はさせられないと言っていた。総務部との申し合わせがあったようだが、今回はその前提を踏まえてでも桐原の申し出を認めたらしい。桐原が言っているようにかなり人手が足りないのだろう。

杏奈は資料を改めて眺めながら、大した仕事ができるのか自信はないが、桐原への恩返しのつもりで力を尽くそうと決めた。

「最初にこの資料の内容を説明させてもらっていいかな――」

「おかしいわね。三園さんはプロジェクト以外の仕事はできないんじゃなかった？」

背後から厳しい声が割って入り、説明を始めようとしていた桐原を遮った。

「あ……」

見ると甲田が目をつり上げ立っていた。もともと長身だが、ハイヒールを履いているせいで、かなり上から杏奈たちを見下ろしている。

「すみません。猫の手も借りたいくらい人手が足りなくて。あ、副社長ももちろん了承済みです」

桐原が立ち上がり説明するが、甲田はさらに顔を歪め杏奈を睨みつける。

「そう。北尾君が許可したのね。この間は私の手伝いはさせないって言っていたのに、おかしいわね」

「今回だけ特例としてＯＫをもらいました」

苦々しい口ぶりの甲田に、桐原は説明する。

杏奈も立ち上がり説明しようとするが、甲田の「本当にしつこい女ね」というつぶやきが耳に入り、口を閉じる。

その言葉には聞き覚えがあった。

甲田が響から杏奈にはプロジェクト以外の仕事はさせないときつく言われたとき、

杏奈の耳もとにそうささやいたのだ。

そのときは苛立ちを抑えきれずつい口走ったのだろうと思っていたが、今もまた同じ言葉を口にしている。

なにか意図があるのだろうか。どれだけ考えても理由が思い浮かばない。

「今回は僕のスケジュール設定が甘かったので、三園さんに無理を言って手伝いをお願いしたんです。プロジェクトの検証報告書も仕上がる予定なので、今回だけということで総務部からも許可をいただきました。もちろん四月には予定通り総務部に復帰してもらいます」

桐原が甲田の前に立ち食い下がるが、甲田は杏奈を睨み続けている。

「プロジェクトの仕事が終わったなら総務部に戻ればいいんじゃない？　たった一度商品開発の、それもほんの一部をかじった程度で役に立てると思うなんて図々しいのよ。来月なんて言わずに今日にでもここを片付けて戻りなさいよ」

突然ヒステリックな声が響き渡り、ざわついていたフロアが一瞬で静まり返る。

広いフロアのあちこちから視線が向けられ、杏奈たちの様子をうかがっている。

「甲田課長。話が続くようでしたらあちらでお聞きします」

桐原が場の空気を察し、甲田を資料室へと促した。杏奈もそれに続こうとするが、桐原は目でそれを制した。

「これ以上話はないわよ」

甲田は桐原にぴしゃりと言い放ち、杏奈を厳しい視線で一瞥《いちべつ》したあと部屋を出ていった。

彼女の姿が消えた瞬間、フロア全体にホッとした空気が広がっていく。

「俺のせいで申し訳ない。三園さんの負担にならないように気を配るよ」

甲田の背中が消えるのを待って、桐原は杏奈に頭を下げる。

「いえ、桐原さんはなにも悪くないです。むしろ私に原因があると思うんです」

前々からそう感じていたが、やはり甲田からかなり嫌われているようだ。憎まれていると言った方が近いかもしれない。

「でも、その理由がわからないんです。甲田課長とは最終審査前に初めて会って話をして……。気に障るようなことをした覚えもなくて」

解決する手立ても思いつかず、杏奈は肩を落とした。

「落ち込まなくていいって。甲田課長、今週に入ってずっとイライラしてるんだ。そのうち誰かが犠牲になるんじゃないかってみんなヒヤヒヤしてた」

「犠牲って、そんなに大変なんですか？」

「ああ。技術部門との会議でも甲田課長の機嫌が悪くて、向こうの部長につっかかったりして大変でさ。まさか三園さんにまで矛先が向くとは思わなかったよ。本当にごめん」

「いえ、桐原さんのせいじゃないので、気にしないでください」

「甲田課長がイライラしてるのって、月曜から副社長が出張でいないからだと思う。ほんと副社長のことで八つ当たりするのはやめてほしいよ」

桐原は椅子に腰を下ろし、肩を落とした。

杏奈は誰も座っていない響のデスクに視線を向けた。

月曜日の午後から出張で北海道に行っていて、金曜日の今日、戻ってくる予定だ。

「もしも副社長が結婚したら、甲田課長どうなるんだろ。怖い怖い」

「結婚……」

「あ、いっそ結婚してくれた方が甲田課長もあきらめがついていいかもな。手っ取り早くお見合いで気に入った女性と婚約だけでもしてくれれば、甲田課長も落ち着くかもしれないしさ」

「あ……そうですね」

杏奈は視線を泳がせ曖昧《あいまい》に答える。

まさか杏奈が響と婚約しているとは思わないだろう。

響が婚約についてはしばらくの間公表しないと決めているので誰にも言えず、当の杏奈ですら今も夢かもしれないと思うときがある。

「お見合いの話は今もあるみたいだけど、結婚すればそういう面倒な話もなくなるはずだし。だったら早く結婚したらいいのに。まあ、他人事だから言えるんだけど」

桐原は肩をすくめると、再び椅子を杏奈に近付け資料を手に取った。

「色々気を使わせてごめん。とりあえず説明だけさせてもらっていい？」

「あ、はい。お願いします」

そう答える一方で、杏奈は今桐原が口にしていた言葉がどうしても気になって仕方がない。

響が杏奈との結婚を決めたのは、見合いに振り回されず仕事に集中したい響の役に立ちたかったからだ。

だったらどうして杏奈との婚約を公表しないのだろう。公表すれば、見合いの話はすぐになくなるはずだ。

もしかしたら自分との結婚を後悔しているのかもしれない。

杏奈は聞きたくても聞けずにいる自分の弱さに落ち込み、うつむいた。

その途端軽い目眩《めまい》を覚えて慌てて目を閉じる。

最近、日に何度か目眩を覚え、そのたび軽い吐き気まであるのだ。

結婚式の準備であれこれ考えることが多いからだろうか。楽しんでいるつもりでも、やはりどこかで気を張っているのかもしれない。

杏奈は桐原の説明に耳を傾けつつも、響のことが頭に浮かび、なかなか集中できずにいた。


その日仕事を終えた杏奈は、手早く片付けを済ませ会社を出た。

この一週間、出張で北海道に行っていた響が、今日の夜の便で帰ってくるのだ。

毎日連絡を取り合っていたが、一週間も会えないのは寂しかった。

今までは会えないのが当然で、一週間や十日くらい会えなくても平気だったが、結婚が決まってからは一日顔を見ないだけで寂しくなる。

本当なら今日は響の家に行く予定ではなかったが、杏奈と響の両親が連れ立って瀬戸内《せとうち》に旅行に出かけるので、ひとりで家に置いておくより響の家にいた方が安心だと洸太が思いついて、急遽泊まりに行くことになったのだ。

もちろん杏奈に異論はない。

途中スーパーで食材を買い揃え、足取り軽く響の家に向かった。

食事を終え入浴も済ませた杏奈がソファに腰かけ資料を読み込んでいると。

「急な話で驚いたよな」

続いて入浴を終えた響が、杏奈の背後から顔を出した。

「うん。さすがに驚いた。でも桐原さんにはお世話になったから、恩返しのつもりでお手伝いするつもり。まずはこの資料の中身を頭に入れておこうと思って」

桐原から渡された資料には、あんしんつながり便の発売までのスケジュールが書かれていた。商品試食会が今月末に予定されていて、その準備のいくつかと当日のサポートが杏奈の担当のようだ。

試食会に宅配料理の現ユーザーを招き、試食した料理の感想を商品開発に生かすのが一番の目的らしい。他にも当日の写真や意見をCMやカタログに使用すると書いてある。そのあたりは広告代理店が取り仕切るようだが、商品開発部が担当する準備には時間がとられそうだ。

「桐原が人手が欲しいって部長に頼んだのは初めてなんだ。立て込んでいることは俺も知っていたが、なんでもそつなくこなす桐原につい甘えていた俺にも責任がある」

響は濡れ髪をタオルで軽く拭きながら、杏奈の隣に腰を下ろした。

「杏奈には申し訳ないが、今回だけ力を貸してくれないか。総務部とは話がついてる」

「……足を引っ張らないように頑張ります」

入浴を終えたばかりの響の熱をすぐ隣に感じ、杏奈は気もそぞろに答えた。

試食会について詳しく聞きたいが、ひとまず気持ちを落ち着かせるのが先決だ。

「そういえば今日、甲田となにかあったらしいな。杏奈たちに無茶を言って困らせていたって話を耳にしたが、なにがあった?」

響は杏奈の様子をうかがい、気遣うように問いかける。

甲田があれだけ大声をあげていたのだ、あの場にいた誰かが響に伝えたのだろう。

「甲田課長は、あの……」

響は以前、杏奈にはプロジェクト以外の仕事はさせないと甲田に厳しく言っていた。

どう説明すれば今回の件で響と甲田の関係に影響が出ないかと迷い、つい口ごもる。

「大丈夫だ。落ち着いて話せ。甲田になにを言われた」

響は拘束するように杏奈の身体に覆い被さると、ソファの背に手をついた。

「あの、なにって言われても」

響の顔が目の前に迫り、杏奈は慌ててソファの背に背中を押しつけ距離を取る。

「こ、甲田課長からは、私では桐原さんの役には立てない……ようなことを言われて。でも桐原さんがちゃんとカバーしてくれたから、大丈夫」

「……そうか」

ふと横目で見ると、よほど怒っているのかソファに置いた手が震えている。

「悪い」

響はひと言つぶやくと、ソファから手を離し杏奈の隣に座り直した。

「煩わしいことに巻き込んで悪い。甲田には俺から言っておく」

杏奈は首を横に振る。

「私で役に立つなら甲田課長のお手伝いをしようか？　甲田課長も忙しいんでしょう？」

杏奈自身はプロジェクトの検証報告書を仕上げれば、かなり手が空く。桐原から渡された資料を確認した限り、多少仕事量が増えても対応できそうなのだ。

「総務部もＯＫしてるみたいだから、私でよければ引き受けるよ」

響は束の間目を見開くが、ふっと笑い杏奈の肩を抱き寄せた。

「気持ちはありがたいが、遠慮しておく。たしかに甲田も抱えている仕事は少なくないが人手は足りてるはずだ。だから杏奈は桐原に手を貸してやってくれ」

「うん、わかった。でも、もしも他に手伝えることがあったら言ってね」

響と同じ部署で働ける機会はこれが最初で最後のはずだ。役に立てるなら多少無理をしてでも頑張りたい。

「ありがとう。気を使わせて悪い。だがこれ以上は心配しなくていい」

響は杏奈の顔を覗き込み、優しい声で答えた。

「ただ」

そうつぶやきひと呼吸置くと、表情を消して杏奈の瞳をまっすぐ見据えた。

「もしも甲田からまた面倒なことを言われたらひとりで抱え込むな。まずは部長に相談しろ」

「うん。わかってる」

杏奈は力強く頷いた。

「桐原さんからも、そう言われてるから大丈夫」

両手で小さくこぶしを握りしめ、明るく答える。

すると響は「桐原か……」と低い声でつぶやき顔をしかめた。

「響君？」

桐原の名前を聞いた途端表情を変えた響に、杏奈は戸惑う。

「どうかしたの？」

「悪い」

響は気持ちを切り替えるように肩をすくめ、杏奈の頬を手の甲で優しく撫でた。

「なんでもない……ってことはないな。ただ、俺は杏奈を誰にも渡したくないんだ」

「な……なにを、と、突然」

いきなりのうれしすぎる甘い言葉に、杏奈はぽっと顔を赤らめる。

結婚が決まってからというもの、響から甘やかされてばかりで蕩《とろ》けてしまいそうだ。

照れくさくて身が持ちそうにない。

「そ、そんな心配いらないのに……」

自分が響以外の誰かのものになるなど考えられない。

杏奈は照れくささをこらえ、ぽつりとつぶやいた。

「……それはわかってるんだけどな」

響はそう言って笑顔を見せたものの、すぐに表情を引きしめた。

「だがもしも甲田が杏奈を傷つけるようなことがあったら、そのときは俺が真っ先に杏奈を守る。だから安心しろ」

「響君……？」

決意が滲む響の語気の強さに圧され、杏奈は目を見開いた。

それほど甲田のことが気にかかるのだろうか。

もともと過保護で、今までも杏奈を必要以上に心配していたが、特定の相手にこれほど神経質になる響を見るのは初めてだ。

「もどかしいな」

響は苦笑交じりにつぶやくと、杏奈を胸に抱き寄せた。

「俺が杏奈を守るって言いながら、立場に邪魔されてすぐに動いてやることができない。なにかあれば部長じゃなく俺に言えって言いたくても言えないのが……もどかしい」

響は杏奈の身体を軽々と抱き上げ、膝の上で横抱きにした。

「ひ、響君」

杏奈はバランスを崩し、とっさに響の首にしがみつく。

同時に、背中に回された響の腕に力が込められた。

「どうかした――」

杏奈の声を遮り、響は口づける。さっきの触れるだけのキスとはまるで違う、貪《むさぼ》るようなキスだ。

響は杏奈の口内に素早く舌を滑り込ませ、口蓋《こうがい》を舐《な》め上げたかと思うと杏奈の舌を見つけ出し、きつく絡ませ合う。

激しい動きに刺激され、杏奈の口から艶めいた声がこぼれ落ちる。

「……ん」

慣れないキスが続いてうまく呼吸できない。

杏奈が息苦しさのあまり顔を逸らしてもすぐに響の唇が追いかけてきて、さらに奥に舌が差し込まれる。

我が物顔で動き回る響の舌が、杏奈を決して逃がそうとしない。

「響君……」

杏奈の身体から次第に力が抜けていく。

指先にすら力が入らず、気づけば響の身体にぐったり全身を委ねていた。

「息が……苦しい」

杏奈がかすれた声でつぶやくと、響はハッとしたように動きを止め、最後に押しつけるようなキスをして杏奈の身体をそっと引き離した。

「悪い。また優しくできな――」

「はあ……っ」

杏奈は響と離れるや否や浅い呼吸を繰り返し、酸素を取り込んだ。

呼吸の仕方なら初めて抱かれたときに教えてもらったはずだが、響と唇を重ねた途端、頭の中から消えてしまった。

テクニックもなにもかも忘れ、ただ響とのキスに夢中になっていた。

「やだ……私……」

響に触れられると、どうして冷静でいられなくなるのだろう。抱かれたときもそうだった。

杏奈は響の胸に顔をうずめた。恥ずかしすぎて響の顔を見られそうにない。

「杏奈?」

杏奈の顔を覗き込もうとする響の腕を払い、杏奈は響の胸にさらに顔を押しつける。

「恥ずかしいから、見ないで」

杏奈のくぐもった声に応え、響の手が杏奈の背中を優しい動きで上下する。

「大丈夫か?　酸素は足りてるか?」

しばらくして聞こえたからかい気味の響の声に、杏奈はこくりと頷く。

呼吸がようやく落ち着いて頭の中も徐々にすっきりしてきた。

「あの日、杏奈が初めてだとわかっていて、優しくできなかったな」

「え……っ」

続く言葉に杏奈は身体をぴくりと震わせる。

たしかに初めてだったが、言葉にされると逃げ出したくなるほど恥ずかしい。

初めてのため比較対象もなく、優しいのかどうかを考える余裕もなかった。

ただ無我夢中で響にしがみついて、初めて知る痛みや苦しみに素直に反応しながらも、自分でも驚くほどの快感に震えていた。

響は優しく抱きしめた杏奈の肩に唇を押し当てると、吐息交じりにつぶやいた。

「あれほど綺麗なウェディングドレス姿を見せられて、平静でいられるわけないんだよな。あの場ですぐにでも抱きしめたいのを我慢して……そのせいで歯止めが利かなかった。なんて、言い訳だな」

自嘲交じりの声に、杏奈は響の胸に顔をうずめたまま首を横に振る。

「我慢してほしくないし……嫌じゃなかったから謝らないで」

思い出すだけで恥ずかしいのは、それが理由だ。

あのとき、どれだけ響に激しくされても決して嫌じゃないどころかあまりにも幸せで、声をあげながら、このままずっと響に抱かれていたいとさえ思っていた。

そんな自分が恥ずかしくて、今もこうして響にしがみつき、顔を見せられずにいる。

「今だって、優しくしたいと思ってるのに、杏奈が苦しがってるのがわかってても止められなくて……」

響のくぐもった声に、杏奈はそっと顔を上げた。

響は変わらず杏奈を離そうとせず、杏奈の肩に額を置いたまま目を閉じている。

この一週間、あの夜のことでよほど杏奈を案じていたのだろう。

「響君」

杏奈はゆっくりと身体を起こした。

すると響は杏奈の背中で組んでいた手を解き、だらりと落とした。

「私、あの、優しくしてもらえなくても大丈夫みたいだから。響君が思っているよりもずっと平気というか……えっと、どう言えばいいのか……」

杏奈は自分の気持ちをうまく言葉にできず、声を詰まらせる。

見ると響は杏奈を抱きしめたまま身じろぎひとつせず、杏奈の言葉にじっと耳を傾けている。

身体を預けてもらえるのはうれしいが、細身のわりに筋肉がバランスよくついた身体は意外に重い。

「あの、響君……」

杏奈の声に、響からはなんの反応もない。

「響君……？　え、まさか寝ちゃった？」

慌てて響の顔を覗き込むと、目を閉じ規則正しい呼吸を繰り返している。

「どうしよう……」

杏奈はひとまず響の頭を支えながら膝の上から下り、起こさないよう注意しながらソファに寝かせた。

その間も響が目を覚ます気配はまるでなく、ぐっすり眠っている。

よく見ると目の下にはうっすらと隈《くま》ができていて、かなり疲れているのがひと目でわかる。

それもそうだろう。今週だけでなく、響は頻繁に北海道に行っている。現地の農家と会っているらしいが、具体的な目的は聞いていない。

オフィスでの仕事も多い中、何度も出向いているのには相当重要な理由があるのだろう。

この五カ月の間、杏奈は響の仕事ぶりを間近で見ながら、響がどれほど仕事に身を捧《ささ》げているのかを知った。体力と時間が許す限り仕事に向き合い、プライベートは後回しだ。

そんな働き方を続けていれば、目に隈を作るのも無理はない。

「私も、もどかしい」

響が背負う荷物を少し分けてほしいが、今の杏奈にできることは限られている。

それがひどくもどかしい。

「……お疲れ様」

杏奈はソファの背に無造作に置かれていたブランケットを手に取り、響の身体に広げた。すると、響の手が伸び杏奈を引きずり込んだ。

「え、ちょっと待って……」

気づけば響の腕の中。

杏奈の身体はブランケットとともに響にすっぽり抱きしめられていた。

「響君？」

どうにか顔を上げて響の様子をうかがうと。

「え……寝ぼけてるの？」

響は杏奈を二度と離さないとばかりに腕の中にぎゅっと閉じ込め、ぐっすり眠っている。

時計を見ると、午前零時を回り日付が変わっていた。

今日は土曜日で休みとはいえ、ベッドに入って身体を休ませた方がいい。けれど。

「響君」

目の前の穏やかな寝顔に呼びかけても返事はない。

杏奈はしばらくの間、響の寝顔を見つめながら目が覚めるのを待っていたが、次第に眠気に襲われあくびを繰り返し始めた。

本当なら婚約したことを公表しない理由を聞いてみようと思っていたが、今夜は無理なようだ。

そして、そんなことはどうでもいいような気がしていた。

こうして響の腕の中にいられるのなら、他のことは全部後回しでいい。

三十分だけ。

そう思いながら杏奈は目を閉じ、響の温かな身体をそっと抱きしめた。

翌週の金曜日、杏奈は月末に予定されている試食会の打ち合わせに向かった。

午前中、広報宣伝部からあんしんつながり便の発売についてのプレスリリースが配信され、桐原だけでなく商品開発部全体がいよいよこれからだという熱量とともに士気を高めていた。

正直なところ、杏奈自身にはまだ桐原ほどの熱量はないのだが、遠目からでも響がホッとした笑みを浮かべているのがわかり、響のためにもやれる限りのことはしようと決めた。

試食会ではカタログに使用する写真の撮影も予定されていて、今日は当日搬入される機材の確認や会場の装飾などについて話し合うらしい。

資料を読み込んだとはいえ、途中参加で勉強不足は否めない。杏奈は会議室に向かいながら、せめて足を引っ張らないようにしなければと気を引きしめた。

「あ、三園さん。こっちにも駆り出されたんだ」

桐原とともに会議室に入った途端、杏奈は宣伝部の男性に声をかけられた。バレンタインのプロジェクトで協力してくれた彼も今回の試食会を担当するようだ。

「お疲れ様です。そうなんです。当日までお手伝いさせていただくことになりました」

「そっか。プロジェクトも成功したし、色々声がかかって大変だな。うちの部長も三園さんに来てほしいって本気で人事にかけ合ってたし」

「冗談はやめてください。そんな話、聞いてませんよ」

杏奈は肩を揺らし笑う。

「冗談じゃないって。商品開発も三園さんに残ってほしかったって聞いてるよ」

「そうなんだよな。俺も部長に頼んだけど、総務が手放さないんだよ。ほんと、残念」

桐原がそう言って大げさに肩を落とす。

芝居じみたその仕草に杏奈は笑い声をあげた。

「三園さん、引く手あまたなのね」

背後から声をかけられ笑顔のまま振り向くと、甲田が杏奈たちに向かって歩いてきた。

「宣伝部からも引き抜きの声がかかるなんて、やっぱりプロジェクトの成功ってすごいことなのね」

「いえ、そんな……」

目の前で感心している甲田にいつものとげとげしい雰囲気は見当たらず、杏奈は面食らう。

「だけど社内であっという間に名前が知られて、これから大変ね。今回みたいに仕事がうまくいけばいいけど、ミスでもしたら大変」

「そうですね。それは心得てます」

社長賞が決まったこともあり、しばらくの間は社内から注目されるはずだと響からも言われている。

「総務部に戻ってからも、プロジェクトの評判を落とさないように精進します」

自分だけでなく多くの人が関わっているのだ、軽率な行動や仕事での不手際で評判を下げたくはない。それだけは気をつけようと決めている。

「……そう。いい心がけね。だったら今回も期待してるわね」

甲田は普段より数段高い声で杏奈にそう言って、笑顔を向ける。

「……はい。頑張ります」

杏奈も笑顔を返すが、慣れない甲田の笑顔に調子が狂ってしまう。

「じゃあ、私は別件で打ち合わせがあるから行くわね」

甲田はそう言い残し、最後まで穏やかな物腰を崩さず部屋を出ていった。

「甲田課長……宝くじにでも当たったのか？」

桐原のつぶやきに、杏奈はハッと我に返る。

いつもの杏奈への敵意むき出しの姿からは想像できない、まるで別人のような態度に驚き、ぼんやりしていた。

「今日は副社長が席にいるから機嫌がいいんじゃないか？　それしか考えられない」

桐原の言葉に、宣伝部の男性もうんうんと頷く。

「さすが副社長。だったら出張なんて若手に任せてずっと席に着いていてほしいよな。

「三園さんもそう思うよな」

「あ、そ、そうですね。で、でも。どうかな」

桐原から突然話を振られ、杏奈は言い淀む。

これまでの甲田の辛辣な言葉を思い出すと、すんなりそうは思えない。他になにか理由があるのではないかと、つい勘ぐってしまう。

とはいえ悪意を向けられるよりも、笑顔を向けられる方がいいのはたしかだ。

とにかく総務部に復帰するまで残り一週間、つつがなく商品開発部での仕事を終えたいと思っている。

「だけど日によってああもコロコロ人が変わると疲れて仕方ない」

桐原のうんざりとした声に、宣伝部の男性は「まあまあ落ち着いて」となだめている。

「ま、とりあえずやるべきことをことやって、試食会のあとは打ち上げだ」

どこまでも明るく前向きな桐原に杏奈は苦笑する。

「というわけで何事もなく試食会を終えておいしいお酒が飲めるように、三園さんもよろしく」

小気味よくそう言って部屋の奥に向かう桐原のあとを、杏奈もいそいそと追いかけた。

あんしんつながり便は、育児休暇中の親たちに料理の宅配とともに、地域ごとのパパママイベントへの案内をしたり、窓口を設けあらゆる相談に乗ったりしながら、孤独に陥りがちなパパママをサポートしようという商品だ。

もちろん育児休暇中でなくても商品が気に入れば誰でも始められる。

キタオフーズが宅配料理事業で培ってきたノウハウを生かして開発した、自信の商品でもある。

打ち合わせの冒頭、試食会の指揮を執る商品開発部の担当者が、熱意のこもった言葉でそう商品の説明をしていた。

響にとっても、商品化に向けて長く力を尽くしてきた思い入れの深い商品だと聞いている。杏奈はそんな商品の発売に携われることを誇らしく思いながら、続く各担当者の話に耳を傾けた。

その後打ち合わせが終わったあとも、杏奈と桐原は会議室に残り、細々とした作業を続けていた。

「実はこの商品、企画書を出したときに役員たちから反対されてさ。でも、副社長が、あ、当時は部長だったけど個別に説得してくれたおかげで商品化が決まったんだ」

杏奈の隣で別の作業をしていた桐原が、不意に口を開いた。

「そうだったんですか」

意外な話に杏奈は目を丸くする。

「役員たちの世代って育児は母親がするものっていう固定観念がまだまだ残ってるから、父親をターゲットに据えることが理解できなかったみたいだな。そこを副社長が説得して回ってようやくＯＫが出たんだ。だから副社長にとっても思い入れがある商品なんだと思う」

「全然知りませんでした」

桐原は肩をすくめる。

「まあ、企画が通ったのも二年以上前の話だからな。あ、副社長って最近北海道によく行ってるだろ？　つながり便にどうしても使いたい野菜があるから、農家さんにお願いに行ってるんだ。企画が通ってすぐからだから、もう二年くらいになるかな。通い続けてもなかなかいい返事がもらえないみたいだけどさ」

「二年も……」

桐原の口から次々飛び出す話に驚き、杏奈は言葉を詰まらせた。

「俺も食べたことあるけど、その農家さんが作る野菜ってどれも本当においしいんだよ。つながり便の料理に採用できたら、育児に奮闘中のパパとママの気分転換や楽しみにもなるだろうし、副社長が粘る気持ちもわかる。交渉がうまくいくといいけど」

「そうですね……」

杏奈は桐原の話を頭の中で整理しながら、ぼんやり答えた。

考えてみれば、今まであんしんつながり便の商品化までの経緯だけでなく、響が頻繁に北海道に通っている理由も知らずにいた。

響は以前北海道への出張は仕事を兼ねた気分転換だと楽しげに言っていたが、笑顔の裏でそんな事情を抱えていたとは想像もしていなかった。

二年通っても色よい返事がもらえないとなれば、かなり苦戦しているのだろう。

金曜日の晩、目の下に隈を作り寝落ちしてしまうほど疲れていたのも納得できる。

響の役に立ちたいと思いながら、なにも知らずにいる自分が情けない。

杏奈は改めて自分の力不足を実感した。

「だから、副社長のためにもこの試食会でしっかりとした意見をもらって、会社の顔になるようないい商品に仕上げたい。うちの部署のみんながそう思ってる」

桐原の力強い言葉に、杏奈はうつむいていた顔を上げた。

「おまけに今朝プレスリリースが配信されて、いよいよだってますます気合いが入ったよ」

「わかります。副社長の努力が報われるといいですね」

生き生きと話す桐原に刺激を受け、杏奈も気合いが入る。

するとわずかに表情を固くした桐原が、探るように問いかけた。

「三園さん、副社長とは……」

「あ……すみません。なにかおっしゃいましたか？」

気持ちが高ぶっているせいか、杏奈は桐原の言葉をうまく聞き取れなかった。

「副社長って三園さんと……いや、もういいんだ。見ていればわかるしさ」

桐原は一度言葉を区切ると、気合いを入れ直すように両手を叩いて杏奈に向き直る。

「とにかく、突然のお願いで申し訳ないけど、当日までよろしく」

「あ、は、はい。それはもちろんです」

杏奈は桐原の様子にしっくりこないものを感じながら、大きく頷いた。

その後、桐原が会議室を出たあとも杏奈はひとり残り、〝妹尾勇次郎《せのおゆうじろう》〟という名前をタブレットで検索していた。

桐原から教えてもらったその名前は、響が何度も訪ねている、北海道で農業を営んでいる人の名前だ。

「すごい……」

ずらりと画面に並んだ検索結果を、杏奈はまじまじと見る。

妹尾勇次郎は、身体に優しくおいしい野菜を消費者に届けることをモットーに、儲《もう》け度外視で農業を展開しているとある。

代々続く畑を守り続けて六十年以上だという彼は現在七十八歳。写真を見ると、その年齢には思えない若々しい立ち姿をしている。顔色もよく元気そうだ。

妹尾が作る野菜はどれも人気があり全国から多くの注文が入るが、彼が認めた相手にしか出荷しないことから、〝幻の妹尾ブランド〟と呼ばれているとある。

「家族経営なのかな……」

『妹尾家の畑』というホームページを開設していて、トップページの写真を見ると、広い畑の真ん中に妹尾をはじめ老若男女十人ほどが並び立ち、笑みを浮かべている。

「どの野菜も人気があるけど、とくに〝とっておき〟という名前のカボチャが有名なの」

「そうなんですか、とっておき……えっ？」

突然声をかけられ顔を上げると、傍らに甲田が立っていた。杏奈の頭上からタブレットの画面を眺めている。

「甲田課長、あ、お疲れ様です」

杏奈は慌てて立ち上がる。

妹尾について夢中で調べていて、甲田が隣にいることに気づかなかった。

「お疲れ様。桐原君から聞いたの？　妹尾ブランドの野菜のこと」

甲田は打ち合わせ前に顔を合わせたときと同じ穏やかな笑みを浮かべ、杏奈に問いかける。

「どれも愛情を込めて作られた、それこそとっておきの野菜なのよ」

「はい、今ネットで調べて知ったばかりですけど、とても有名な野菜みたいですね」

「そうなのよ」

甲田は満足げにつぶやくと、タブレットの画面に視線を移し言葉を続ける。

「全国の料理人がこの野菜を求めて足を運ぶんだけど、なかなか分けてもらえないらしくてね。ほんと、ご苦労様って感じよね」

「そのことも桐原さんから聞いています。……あの」

まるで見てきたことのように話す甲田に違和感を覚え、杏奈は首をかしげる。

甲田も響のように野菜の取り扱いを求めて北海道に足を運んでいるのだろうか。けれど杏奈が商品開発部に異動してから今日まで、甲田が出張で北海道に行っていた記憶はない。

「甲田課長も北海道でこの野菜を食べたり――」

「北海道の中でも限られた店でしかこの野菜を使った料理は食べられないの。だからその店は連日行列でね、半年先まで予約が取れないのよ」

「それは、すごいですね。あの、甲田課長」

「取材の話が来ても滅多に受けないから、余計に話題になっちゃうのよね。唯一こうしてホームページを作って消費者に野菜のおいしさを伝えているの」

「甲田課長、それは――」

「あ、誤解されたら困るけど、現地で直接買いに来てくれた人にはちゃんと販売してるのよ。転売防止のために数量は限定しているけどね」

甲田はとめどなく話し続けていて、杏奈が口を挟む隙もない。

仕方なく杏奈は口を閉じ、甲田の話が終わるのを待つことにした。

それにしても、甲田は妹尾ブランドの野菜についてかなり詳しいようだが、その知識を伝えようとしているのだろうか。

するとと甲田は画面から杏奈に視線を移し、にっこりと笑った。

「そういえば、北尾君もこの野菜を手に入れたくて無駄な努力をしているのよね。見ていて痛々しいわよ」

「無駄……？」

杏奈は他人事のように話す甲田を眺めながら、違和感の理由に思い当たる。

彼女の言葉から農家や野菜への愛情が感じられないばかりか、野菜を求める人たちを馬鹿にしているような、そんな口ぶりに違和感を覚えてしまうのだ。

「無駄足だとわかっていてどうして何度も頭を下げに行くのか、私には理解できないわ。どうせ出荷してもらえないのに」

「理解できない……？　それは」

呆れた声でつぶやく甲田に、杏奈は眉を寄せ距離を詰めた。

「それは言いすぎです。生産者の愛情がこもっていておいしいのはもちろん、栄養価も高い。そんな野菜をお客様に提供したい一心で、響君は無駄足かもしれないとわかっていても何度も通っていると思います。それだけこの野菜に価値があるからだと思うし、甲田課長は響君の近くでずっと仕事をしているのにどうしてそのことがわからないんですか……あ」

頭に血が上るとはこのことだ。

杏奈はつい感情的にまくしたてたことに気づき、青ざめた。

おまけに勢いに任せて、〝響君〟とまで口にした。

部屋にはふたり以外誰もいないのが救いだが、甲田の耳には届いたはずだ。

「あ……あの。今のは違うんです。あ、いえ、全部が間違ってるとは思わないんですけど」

まさかここで響との関係を甲田に知られるわけにはいかず、杏奈は場を取り繕うように意味のない言葉を繰り返す。

「響君ね。へえ、今もそう呼んでるのね」

動揺する杏奈を気にする素振りも見せず、甲田はつぶやいた。

「……えっ」

一瞬なにを言われたのか理解できず、杏奈は動きを止めた。

「ごまかさなくていいわよ。それにしても、初恋なんてすぐに覚めると思ってたのに。本当、しつこいのよね」

甲田はそれまでの笑顔を一瞬で消し、杏奈をキッと睨みつける。

「しつこい……？」

「そうよ。北尾君をいつまでも追いかけて、しつこいし目障りなのよ」

「……目障り」

立て続けに厳しい言葉をかけられて、杏奈はなにも言えず口ごもる。

「子どもの頃から大好きだった相手と結婚するってどんな気持ち？」

「え、結婚？」

どうやら甲田は杏奈の想いだけでなく、結婚することまで気づいているようだ。

杏奈は目眩を感じ、足もとに力を入れた。

「それにね」

甲田は杏奈の強張った顔を覗き込み、馬鹿にしたように鼻を鳴らす。

「妹尾の野菜のことならあなたなんかより……それどころか北尾君よりも私の方が詳しいのよ。知った風なことを言わないで」

甲田はぴしゃりと言い放つと、タブレットの画面に映る妹尾家の写真に視線を向けた。

「妹尾勇次郎。私の祖父よ」

「えっ」

想定外の言葉に、杏奈は声を詰まらせた。

「祖父って、甲田課長のおじいさん……？」

驚く杏奈に甲田は肩をすくめる。

「そう。私の母方の祖父、妹尾勇次郎。タブレットで調べるより、私に聞いてくれればなんでも教えてあげるのに。そうね、なにから話そうかな」

甲田はもったいぶった声でそう言うと、手近な椅子に腰を下ろした。

「祖父は中学を卒業して以来、農業一筋。祖母とは幼なじみで、大恋愛の末の結婚。子どもは四人。三番目の子どもが私の母よ」

甲田は椅子の背にもたれて足を組み、杏奈を見下すような目で見る。

杏奈はいつも以上に当たりが強い甲田に緊張するが、あまりの驚きに思考が回らず言葉も出てこない。

なにより甲田がどうしてここに現れたのかがわからず混乱している。

「あとはそうね、祖父は野菜だけでなく、少し離れた場所で花も育てているの。ラベンダーが咲く頃は圧巻よ」

「ラベンダー……」

たしか去年の夏頃、響は北海道に行く前にラベンダーが楽しみだと言っていた。そのときもきっと、妹尾家の畑を訪ねていたのだ。

ここでようやく甲田の話と妹尾家が、ラベンダーを介してつながった。

「おじいさんと孫……。そうなんですね」

疑っているわけではなかったが、杏奈は甲田が妹尾の孫だと納得する。

「あ、あの」

ふと気づき、杏奈は思わず声をあげた。

甲田が妹尾の孫だとすれば、甲田は響にとって心強い援軍になるはずだ。

「孫の甲田さんが副社長と一緒に妹尾さんにお願いすれば、今の状況を変え――」

「変えられるわよ。もちろん」

期待する杏奈の声を、甲田はあっさり遮った。

「私が祖父に話せば、妹尾ブランドの野菜をあんしんつながり便のために出荷してくれると思うわよ」

淀みなく答える甲田の言葉に、杏奈は思わず手を叩く。

「すごい。これほど身近に味方がいるなんて、すごいです。じゃあ、早速副社長に連絡して、話を進めましょう」

響のこの二年間の苦労が報われると思うと目頭が熱く、今にも泣いてしまいそうだ。

「本当、むかつくほどお気楽よね」

甲田の鋭い声に、杏奈はハッとする。

「どうして私が三園さんの言うことを聞かなきゃならないの？」

「……あの、それってどういうこと――」

「たしかに私が祖父に話せばうちで妹尾ブランドの野菜を扱えるけど、私にそのつもりはないわよ」

甲田はよく響く低い声で言い切り、口もとを歪めた。

「え、どうして……？」

聞き間違いだろうかと甲田をぼんやり見つめるが、甲田は一度肩をすくめ馬鹿にしたような目で杏奈を見返している。

「しつこい女ってだけじゃなく、お気楽でイライラする女ね。高校生のときから変わっていないのね」

「高校生？」

杏奈は首をかしげる。ただでさえ混乱している中、さらにわけがわからない。

甲田は煩わしそうに口を開く。

「八年くらい前かしら。商品発表会で北尾君とあなたが話しているのを見たのよ」

「あ……あのとき」

響に招かれて初めて商品発表会を見に行ったときのことだ。

「あなたが北尾君に夢中なのはひと目でわかったわ。まあ、あとで北尾君に聞いたら単なる知り合いの娘さんだっていうし、年上の男性への単なる憧れだと気にも留めなかったけど。わざわざうちに入社してくるなんてね。本当、しつこくてむかつくのよ。どうせ北尾君か社長に泣きついて内定をもらったのよね」

甲田は杏奈への嫌悪を隠そうとしない。

「違います。私はちゃんと採用試験を受けて――」

「言い訳は見苦しいわよ。結婚だって、父親が社長と親しいことを利用して押し切ったんじゃないの？　それとも見合いの話にうんざりしていた北尾君が手近なあなたで手を打ったってところかしら」

「それは……」

はっきり否定できず、杏奈は言葉をのみ込んだ。

父親同士の付き合いが長く気心が知れた間柄だということが、響との結婚に影響しなかったとは言い切れない。それになにより見合いのことを持ち出されると、言い返せない。

響が杏奈との結婚を決めたのは、それこそ見合いの煩わしさから解放されて仕事に集中したかったからだ。最近では響の優しさに甘え、無意識のうちに考えないようにしていたが、現実は変わっていない。

「へえ。やっぱりそうなのね」

黙り込む杏奈を、甲田はせせら笑う。

「だったら結婚相手はあなたじゃなくてもいいんじゃない？」

敵意が滲む声で、甲田は杏奈に畳みかける。

「そんなことは……」

「だいたい、あなたと結婚したって北尾君にはなんのメリットもないじゃない。お見合いから解放する程度のことなら、誰でもできるんだし」

杏奈はなにも言い返せず、両手をぐっと握りしめる。

一方的に責められ苦しいが、どれも事実で反論できない。たとえ反論できるとしても、響に迷惑がかかるかもしれないと考えると、安易に言い返せない。

「へえ。なにも言い返さないのね。意外に物わかりがいいのかしら。だったら私の提案も、納得してもらえるわよね」

「提案？」

顔を上げると、甲田がそれまでの苦々しい表情から一変、笑顔で杏奈を見つめていた。

「私が北尾君と結婚して、祖父に妹尾ブランドの野菜を出荷してもらえるようにお願いするわ」

顎を上げ、力強い声で言い放つ。

「えっ……」

杏奈の心臓が、どくりと大きく跳ねた。

「だって、見合いを断るための結婚相手ならあなたじゃなくてもいいし、それなら私と結婚した方が、彼の仕事にも役立つでしょう？」

「そんなことは……」

やはり反論できない。

言葉をのみ込んだと同時に再び目眩で身体が揺れ、杏奈は近くにあった椅子に崩れるように座り込んだ。

「念願の妹尾ブランドの野菜を扱えるとなれば、北尾君だって私との結婚を選ぶはずよ。だから三園さん、あなたはうちの部署から出ていくだけじゃなく、北尾君の前からも消えて」

力なく椅子に腰かけている杏奈を気に留めず、甲田は流れるように話し続けている。

よほど自分の思いつきに自信があるのか、その口ぶりには少しの迷いもない。

杏奈は身体を丸めて目を閉じ、唇をかみしめた。

続く目眩のせいで考えがまとまらず、甲田の言葉にただ傷つけられている。

「ふふっ。今朝社長のSNSを見て北尾君とあなたが結婚するって知ったときは腹が立ったけど、すぐに思いついたの。私の方があなたよりも北尾君の役に立つって」

甲田はそこでひと息つくが、勢いのまま言葉を続ける。

「あなたのお父さん、カフェの店長なのよね。その程度の人に、このキタオフーズをバックアップすることはできないでしょう？　それにしても北尾君とあなたの結婚の匂わせるなんて、社長って脳天気よね」

「匂わせ……？」

甲田の語気の強さに圧倒され、杏奈はぼんやり聞き返す。

「社長が投稿していたわよ。わけのわからないタグが並んでたけど、年も年だしデジタルに弱いのかしらね」

「いえ、むしろ社長は――」

「まあ、そのおかげで私は北尾君とあなたの結婚に気がつけたから、よかったけど」

「気がつけた……って、どういうことですか？」

理解が追いつかず、杏奈は不安げに問いかける。

甲田は勝ち誇った笑みを浮かべ、ゆっくりと口を開いた。

「あなたが入社してから、ネットであなたや家族のことを色々調べたのよ。実家のカフェのホームページに常連さんがよく投稿してるわよね。そこにあなたの写真もあったわよ。顔はぼかしてあったけど、見る人が見ればわかるし、店長が溺愛するひとり娘ってあったの。北尾君もひとりっ子だから〝もうすぐ親戚同士に〟ってタグの意味は、あなたたちの結婚ってことでしょう?」

「そう言われても……」

高いテンションで話し続ける甲田を、杏奈はわけがわからずただ見つめている。

基のSNSがきっかけで甲田は杏奈たちの結婚について知ったようだが、いったいどういうことなのか、まったくピンとこない。

「私の方が北尾君の役に立てるって確信した途端、うきうきしちゃって。あなたや桐原さんに無駄に優しくしちゃったわ」

甲田はそれまでの笑顔をすっと消し立ち上がると、杏奈の耳もとに唇を寄せた。

「だから北尾君と今すぐ別れて。結婚するなんて論外よ」

その瞬間、杏奈の身体が小刻みに震えた。

「私なら北尾君の役に立てるって理解したでしょう？　恨むなら自分の親を恨むのね。単なるカフェの店長の娘のくせに、身の丈をわきまえなさい」

ふんと鼻を鳴らし、甲田は杏奈を睨みつける。

「単なるカフェの店長の娘って……そんなこと……」

家族のことまで、ひどい言われようだ。

たしかに洸太はカフェの店長だが、店は繁盛し多くの客から愛されている。

馬鹿にされる理由はない。

甲田を見上げ、杏奈は言い返さなければと思うが、あまりの混乱にうまく言葉が出てこない。

「なに？　私よりもあなたの方が北尾君にとって結婚するメリットがあるっていうなら聞いてあげるけど？」

杏奈がなにも言い返せないとわかっているのだろう、甲田は意地の悪い笑顔でクスクス笑っている。

「今日のハッシュタグのことは詰めが甘い社長に感謝だけど、あなたも詰めが甘いのね。好きなだけじゃ北尾君の役には立てないのよ」

「それは……」

言われなくてもわかっている。だからこそ入社してからずっと、響と距離を置いていたのだ。

杏奈は甲田の攻撃的な言葉にさらに気分が悪くなり、込み上がる吐き気をやり過ごす。

「あ」

ふと机の上にあるタブレットが目に入った。

甲田は碁のSNSの投稿を見て、杏奈と響の結婚に気づいたと言っていた。

「……SNS？」

杏奈はタブレットを手に取り会社のSNSを呼び出した。

碁は週に一度程度だが、会社のアカウントを使って新商品の情報や社内の雑多な出来事を社長の視点で発信している。自社商品への愛情深いコメントは社内外問わず人気があり、フォロワー数も多い。杏奈もよく覗いているが、最近の投稿を思い出してもとくに気になるものは浮かんでこない。

すると。

「え……？　これって父さん？」

画面に上がってきたのは、少し前に響と杏奈の両親が瀬戸内に旅行に行ったときの写真だ。釣り竿を手にした基と洸太が、ワクワクした表情を浮かべて埠頭から海に向かって釣り糸を垂らしている。

引きの構図からすると、ふたりの妻のどちらかが撮っているようだ。

「でも、どうして?」

基がプライベートの写真を投稿することは、滅多にない。ましてや過去にキタオフーズに勤務していたとはいえ、今はなんの関わりもない洸太が一緒に写っているなどあり得ない。

並ぶハッシュタグを見ると、〝あんしんつながり便〟〝変わらず元気〟そして〝もうすぐ親戚同士に〟と並んでいる。

「なに、これ……」

業務に関係のないプライベートのタグが混じっていて、杏奈は呆然とする。

甲田は誤解しているが、実は基は情報システム部にも直接意見するほどデジタルに明るく、タグ付けに失敗するとは考えられない。だからこのタグも、基がちゃんと考えたうえで、並べたはずなのだ。

杏奈はタグを何度も見直し、眉をひそめた。

甲田は〝もうすぐ親戚同士に〟というタグから杏奈と響の結婚を察したようだが、

だとすれば、彼女以外の社員の中にもカフェのホームページを覗いて、ピンとくる人がいるかもしれない。

「どうしよう」

社内にこの話が広まれば、騒ぎになりそうだ。なんの下準備も根回しもない状態で響の結婚が知られた場合、響との縁談を望んでいる相手との関係にひびが入ったり、取引に差し障りが生じたりしないのだろうか。

響が当面は杏奈との婚約を公にしないと言っていた理由が、そういう背景を見越してのことなら、この投稿によって響の仕事に影響が出るかもしれない。

「はあ……」

杏奈は椅子の背にぐったり身体を預け、ため息をついた。

甲田からの無茶な提案といい、基の投稿といい、どう受け止め、なにから手をつけていいのかわからない。

ただわかっているのは、杏奈が響との結婚をあきらめない限り、甲田は響のために動かないということだ。

「ようやく現実が理解できたってところかしら？　誰が北尾君にふさわしいのか、ようやくわかったようね」

うなだれる杏奈に満足したのか、甲田はそう言って含み笑いを漏らす。

相変わらず余裕の物腰で椅子に腰掛け、杏奈を眺める目は楽しそうだ。

目障りな杏奈を押しやり、自分が響と結婚できると思っているのだろう。

押しが強い彼女のことだ、今日にでも早速、響に自分が妹尾勇次郎の孫だと伝え、結婚の話を持ちかけようと考えているかもしれない。

響が結婚を望んだのは、見合いの煩わしさから解放され仕事に集中するためだ。

その目的が達成できるうえに妹尾ブランドの野菜が扱えるとなれば、単なる幼なじみで両親同士が仲がいいだけの自分ではなく、甲田を結婚相手として選び直す可能性は高い。

第一、自分は響から愛されているわけではないのだから。

「嫌だ……」

杏奈の口から、苦しげな声がこぼれ落ちる。

結婚が決まりお互いの肌を合わせてからというもの、今までとは比べものにならないほど響を想い、愛を深めている。

まるで騎士のように誠実な物腰と言葉で指輪を差し出されたときの感動は、今も思い出すだけで泣きたくなるほど大きなものだった。

結婚式の準備も順調に進み、響との未来を具体的に想像できるようになった今、甲田の方がふさわしいとわかっていても、響をあきらめたくない。

考えれば考えるほど響への想いが身体中に溢れ、目眩どころか意識が途切れそうになる。

「あと一週間で総務部に戻るのよね」

ふと思い出したように、甲田が椅子の上で身を乗り出し、再び口を開く。

「はい……？」

杏奈はぼんやりと顔を上げた。

「私も鬼じゃないわ。本当は今すぐにでも北尾君の前から消えてほしいんだけど、一週間待ってあげる。それまでに北尾君との婚約は解消しておいてね」

甲田はもったいぶるようにそう言って、にっこりと笑う。

「婚約解消？　それは……」

突然の言葉に拒否することもできず、杏奈は黙り込む。

「あら、まだ自分の不甲斐なさがわかってないの？　もしかして北尾君の役に立てるとか勘違いしているのかしら」

はっきりしない杏奈を責め立てるように、甲田は言葉を続ける。

「私は……勘違いなんて、してません」

響の役に立ちたい気持ちは誰よりも強い自信はあるが、甲田の方が自分よりも響の役に立つこともわかっている。

やはり、自分が身を引くべきなのだろうか。

どれだけ考えても結論が出せない問いに、心も身体もどうにかなってしまいそうだ。

するといよいよ我慢できなくなったのか、甲田は顔をしかめ、荒々しい声をあげる。

「妹尾ブランドの野菜を扱えないままでもいいの？ あなたが北尾君の前から消えない限り、祖父に話をするつもりはないわよ。それどころか絶対にうちと取引しないように言っておく」

「そんなっ」

杏奈は甲田の言葉に即座に反応し、立ち上がった。

「それはおかしくないですか？ あんしんつながり便に使いたくて何年も力を尽くしてきた響君のこと、甲田課長も近くで見てきたはずですよね。なのにどうしてそんなことを言えるんですか」

あまりにも理不尽な甲田の言葉に、杏奈は声を張り上げる。

「私よりも響君の仕事ぶりを見ていたはずなのに、たとえ冗談でも言ってほしくない。

それに、本当に響君の役に立ちたいと思うなら、もっと早くおじいさんにお願いしてくれれば……えっ？」

不意にふわりと身体が揺れ、足もとが浮いたような感覚を覚えた。

いきなり立ち上がって、声を張り上げたせいかもしれない。

杏奈は両足に力を入れて踏ん張ろうとするが、ぐるぐると視界が回りバランスが取れない。

「三園さん？」

甲田のいぶかし気な声が遠くに聞こえる。

杏奈は全身からすっと力が抜けていくのを感じながら、同時に込み上げる吐き気に両手を口に当てた。

あまりにも強いストレスを受けて、身体が悲鳴をあげているのかもしれない。

一瞬、意識が遠のいた。

「あ……」

方向感覚が消えて身体が大きく揺れ、今にも足もとからくずおれそうになった、そのとき。

「杏奈っ」

部屋のドアが勢いよく開き、血相を変えた響が飛び込んできた。

肩で息をし、額にはうっすら汗が滲んでいる。

響は杏奈に駆け寄るや否や手を伸ばし、杏奈の身体を胸に抱き寄せた。

「大丈夫か？」

「え……？」

倒れる寸前、杏奈の身体は勢いのまま響の胸に押しつけられ、たちまち包み込まれた。

「ひ、響君……？」

一瞬の出来事になにが起きたのかわからず、杏奈は恐る恐る顔を上げた。

「杏奈」

目の前で、響は苦しげな顔で杏奈を見下ろしている。

「大丈夫か？　どこか痛むところはないか？」

響は不安げに顔を歪め、杏奈の身体のあちこちを確認している。

「大丈夫、響君が抱き留めてくれたから……でも、どうして……」

杏奈は響の胸に頬を押し当て、小さくつぶやいた。まだ少し目眩が残っていて気分も悪いが、響の体温に包まれた途端、落ち着いてきた。

とはいえ、響が突然ここに現れた理由がわからない。

「顔色も悪いな」

響は杏奈の戸惑いに構うことなく声を漏らすと、両手で杏奈の頬を包み込んだ。

「響君……」

不安そうに揺れる響の瞳が切なくて、杏奈は笑顔を作ってみせる。

「平気。少し疲れてるのかもしれないけど、もう、大丈夫」

こうして響が駆けつけてくれた。それだけで十分だ。

「そうか……」

響は杏奈の笑顔にようやく落ち着いたのか、ホッと息を漏らす。

「それにしても、どうして甲田とここに？　打ち合わせならとっくに終わってるはずだよな。まさか甲田になにか――」

「違うわよ」

甲田の甲高い声が部屋に響き渡った。

「三園さんが突然倒れそうになっただけよ。顔色ならもともと悪かったし、私はなにもしてないわ。妙なこと言わないで」

焦りが混じる声音に、響はいっそう強く杏奈を抱きしめる。

「顔色が悪いとわかっているなら、早く帰すなり医務室に連れていくなりできたはずだ」

響はくぐもった声で問いただす。感情を抑えているようだが、怒りは隠せていない。

杏奈は響の厳しい物言いに驚き、おずおずと顔を上げた。

「それに打ち合わせのあと、三園さんに一方的にまくしたてていると聞いたが、どういうことなんだ？」

響は鋭い眼差しを甲田に向け、なおも問いかけている。

ここまではっきりと甲田に嫌悪感を向ける響を見るのは初めてだ。

杏奈は響の腕の中からそっと甲田を盗み見る。

「まくしたててるなんて言いがかりよ。私はただ、三園さんに現実を教えてあげていただけよ。社長がSNSでわけがわからないことを投稿していたし」

甲田が響の傍らに立ち、強い口調で弁解している。

「それに北尾君が北海道に通っている理由も知らないって言うから、説明していただけ」

「現実？　いったいなんの話だ。それに北海道の件にしても、甲田にはいっさい関わりのない話だ。管轄外のことに口を挟むようなことはするな」

「関わりがないなんて、そんな言い方――」

「それは三園さんに対しても同じだ。彼女が絡む仕事になにかと口を出して面倒を起こしていると複数の人間から聞いている。思い当たることはないか？」

「な、ないわよ……」

響から続けざまに強い言葉を投げかけられ、甲田は後ずさり視線を泳がせている。ついさっきまで杏奈を追い詰めていた尖った様子はまるでない。

まさか響からこんな風に突き放されるなど想像もしていなかったのだろう。それどころか本気で響との結婚を考えていたのだとしたら、かなり動揺しているはずだ。

「だったら、今後いっさい三園さんの業務に干渉することを禁じる」

響は相変わらずの冷たい口調で甲田にそう告げると、杏奈を胸に抱きしめ直した。

「それに、社長の投稿の件にしても、俺と彼女のことで憶測を呼ぶような発言は控えてもらいたい。伝えるべきことがあれば、俺たちから適切なタイミングで公表するつもりだ。他人に勝手な真似をされるのは我慢できない」

「なっ……」

甲田は青ざめた顔で息をのんだ。

「……悪かった。杏奈を守ると言っておいて、甲田の暴走を止められなかった」

悔しさが滲む響の声に、杏奈は首をかしげる。

「暴走？　でも、どうして甲田課長がここにいるって響君が知ってたの？　来てくれてホッとしたけど、突然だったから驚いた」

杏奈は椅子の背にゆったりと身体を預け、笑みを浮かべる。

響から釘を刺された甲田が逃げ出すように部屋を出てしばらく経ち、ようやく落ち着いてきた。

響は杏奈の隣の椅子に腰を下ろし、心許ない様子で杏奈を見守っている。

「桐原が忘れ物を取りに戻ったときに、甲田が杏奈に詰め寄るのを見たんだ」

響が静かに話し始めた。

「尋常じゃない雰囲気で声をかけられなかったと聞いている」

「……全然気づかなかった」

いきり立つ甲田に圧倒されて、周囲に気を配る余裕などなかった。

「だがそのまま放っておくのもまずいと考えて、直接俺にそのことを伝えてくれたんだ」

杏奈の様子をうかがいながら、響が再び口を開く。

「本来なら商品開発部の課長や部長に伝えるべきだが、あいつ、やっぱり勘がいいな。俺と杏奈になにかあるって察してる。で、俺が急いで駆けつけたんだ。甲田が杏奈を敵視しているのはわかっていたから、なにかあったらと気が気じゃなかった」

響はそう言って大きく息を吐き出すと、杏奈の頭をくしゃりと撫でる。

「怖かったよな。俺が甲田を甘く見ていたせいだ。……もっと早く駆けつけてやればよかった。本当に、なにもなくてよかった」

苦しげにそう言ってうなだれる響に、杏奈は慌てて首を横に振る。

「響君のせいじゃないから。……心配をかけてごめんなさい。でも、ありがとう」

血相を変えて部屋に飛び込んできた響の姿を思い出し、杏奈は頬を緩めた。

「俺たちの結婚のことで、甲田から的外れな文句でも言われたか？」

「え、もしかして響君も社長のタグを見たの？」

杏奈は基が投稿した写真やハッシュタグを思い出した。

「〝もうすぐ親戚同士に〟ってあれか？」

響は苦々しい表情を浮かべ、肩をすくめた。

「うん。他にもいくつか……甲田課長はタグを見て私たちが結婚するってピンときたみたい」

「やっぱりそうか。だったらまず最初に暴走したのは父さんの方だな」

響の呆れた声に、杏奈もつい頷いた。

たしかに基の投稿がなければ、甲田が杏奈たちの結婚に気づかなかっただろう。

「基おじさん……社長のあの投稿のこと、響君は知ってたの？　父さんまで顔出しで登場してたけど、プライベートの写真を載せるのはまずいよね」

写真だけでなく、カフェの店長とまで公表する理由がわからない。

「俺もあれを見たときは驚いた。ただ、父さんにはあれがプライベートの写真だっていう意識はないはずだ」

「でも――」

「杏奈、その話はあとでいいか？　聞きたいことがあれば全部話すから」

「あ……うん」

不意に話を遮られ、杏奈は言葉をのみ込んだ。

すると響は表情を引きしめ、杏奈と視線を合わせた。

「甲田から俺が北海道に通っている理由も聞かされたようだし、それも説明するつもりだけど。席に戻る前に、まず言っておくことがあるんだ」

「うん……？」

北海道という言葉に、杏奈はぴくりと反応した。

忘れていたわけではないが、甲田が妹尾勇次郎の孫だったと思い出す。

杏奈は嫌な予感がした。

響にとって甲田は、今誰よりも力を貸してほしい存在に違いない。

それに落ち着いて考えてみると、あれほど響との結婚を熱望している甲田のことだ、自分は妹尾勇次郎の孫だという切り札を、今まで使わずにいたとは思えない。

結婚について、とっくに話を持ちかけている可能性もある。

杏奈は目を見開き、ハッと両手を口に当てた。

響は杏奈との結婚を考え直し、妹尾勇次郎の孫である甲田との結婚について前向きに考え始めているのだろうか。

現実的に考えれば、なんの役にも立たない自分との結婚よりも甲田との結婚を選んだ方が会社の利益につながり、今後の社内での響の立場にもプラスに働くだろう。

そう思いついた途端、杏奈は目の前がぐるりと揺れるのを感じた。

「俺たちの結婚のことだが」

響の気遣うような声に、杏奈はひゅっと息をのみ込んだ。

やっぱり、そうだ。

「父さんのあの投稿のせいで俺たちのことが――」

「響君っ」

響の言葉に被せて、杏奈は声をあげた。

「杏奈？ どうした」

切羽詰まった杏奈の声に、響は慌てて視線を向ける。

「私が北海道に行って頭を下げるから、結婚しないなんて言わないで」

「北海道？」

杏奈は力強く頷いた。

「妹尾さんがＯＫしてくれるまで何度も頭を下げてお願いするし、畑に出て作業のお手伝いをする覚悟もある」

「作業の手伝い？ え、いったいなんの話をしてるんだ？」

突然、脈絡のない話を始めた杏奈に、響は混乱する。

「住み込みで働けって言われたら、会社を辞めて北海道で暮らしてもいい。時間がかかるかもしれないけど、妹尾ブランドの野菜を響君に届けてもらえるように頑張るから。結婚しないなんて言わないで。私をお嫁さんにしてください」

響の声など耳に入れず、杏奈はひと息に言い切った。

婚約破棄されると察した瞬間、思わず声が出てしまったのだ。

響と結婚できるのなら、妹尾勇次郎に頭を下げるくらいどうってことない。畑仕事は未経験だが、響のために汗をかくのも悪くない。

「絶対に後悔させません」

「は……」

響はしばらくの間ぽかんとしていたが、次第に赤くなる顔を隠すように手の甲を額に当て、天井を見上げた。

「響君？」

杏奈から一方的にまくしたてられて気を悪くしたのかもしれないと、杏奈は恐る恐る声をかけた。

すると響は上を向いたまま一度大きく息を吐き、ゆっくりと口を開いた。

「なにを言い出すかと思えば、絶妙な殺し文句。無意識だからたちが悪い」

苦笑交じりの響の声に、杏奈は首を横に振る。

「そんなつもりじゃ……私はただ響君のことが――」

「北海道に住み込み？　許すわけないだろ。ようやく俺のものにできて、今日にでもお嫁さんにしたいくらいだっていうのに、手放すつもりはないよ」

響は甘い声でそう言うと、頼りなげな顔を向けている杏奈を抱き寄せた。

「なにを勘違いしてるのか知らないが、杏奈以外お嫁さんにするつもりはない。ちゃんと俺を信じろよ」

「だ、だって。さっき深刻な顔で話し始めたから、甲田課長と結婚するって言われると思って……」

杏奈は響の胸に顔をうずめ、くぐもった声でつぶやいた。

「そんなこと、あるわけないだろ」

戸惑う杏奈の頭を、響はポンと軽く叩く。

「甲田の家族のことなら聞いてるし、彼女が杏奈になにを言ったのかは想像がつくが、俺が結婚するのは杏奈だ。それだけは覚えておいてくれ。あとは大した話じゃない。……いや、それは違うな」

響はそこで言葉を区切ると、煩わしそうにため息をついた。

「父さんの投稿がきっかけで、甲田だけじゃなく社内のほとんどが俺と杏奈が結婚することに気づいて、ちょっとした騒ぎになってるんだ。昔、父さんや洸太さんと一緒に仕事をしていた社員もまだかなりいるから、そこからも話が広がったみたいだな」

「騒ぎ?」

杏奈はもぞもぞと顔を上げた。

「タイミングもあるんだ。バレンタインのプロジェクトが成功して盛り上がってるこの時期だから、聞き覚えがある杏奈の名前に必要以上に反応してるんだよ」

「私の名前は関係ないと思う。副社長の響君が結婚するってことで、騒がれてると思うけど」

次期後継者の響の結婚が決まったとなれば、相手が誰であれ、それだけでインパクトがあるはずだ。

「それもゼロじゃないが、今は杏奈の方が注目されてる。こうなるのがわかってたから、公表するタイミングに慎重になっていたっていうのに」

響は杏奈の肩に力なく顔をうずめ、「父さんの暴走のせいで台無しだ」とつぶやいた。

「響君、それって……」

杏奈は目を丸くし、肩口に顔を埋める響に視線を向ける。

「悪気がないっていっても、はしゃぎすぎなんだ。つながり便のプレスリリースが配信されて肩の荷が下りたんだろうけど、少なくとも洸太さんの写真はアップするべきじゃなか――」

「だから結婚のことを公表しないって言ってたの？」

　杏奈はか細い声で問いかける。

「杏奈？　どうした？」

　響はおもむろに顔を上げ、不安定に揺れる杏奈の瞳に気づく。

「響君はお見合いの話がこれ以上持ち込まれないために私と結婚するのに、どうしてそれを公表しないのかがわからなくて……」

「見合い？　見合いと杏奈との結婚は関係ないだろ。いきなりなんの話だ？」

　響はわけがわからないとばかりに首をひねる。

「だって、お見合いが面倒だから私と結婚するんでしょう？　だけどしばらく公表しないって言われたから、私との結婚を後悔してるのかもって……悩んでて」

　杏奈は混乱する中、うわごとのように説明する。

「杏奈、わかったから落ち着け」

　響は優しく声をかけ、杏奈の頬に手を添える。

「後悔なら、たしかにしてるな」

「えっ」

「だけどそれは、自分の気持ちに長い間気づかなかった後悔だ。杏奈が自分の力でうちの内定を決めたとき、杏奈がもう子どもじゃないってようやく気づいて慌てて、そして絶対に手放さないって決めた」

「嘘……」

ぽかんとする杏奈を。響はくすりと笑う。

「嘘じゃない。杏奈が生まれてからずっと、俺は杏奈から目が離せなかった。少なくとも杏奈に距離を置かれても、毎年誕生日に会う約束を取りつけるくらいには、夢中だ」

「で、でも、いつも響君は素っ気なくて……だから私との結婚も、お見合いを断って仕事に集中するためにするんだと――」

「愛してる」

混乱し言葉が止まらない杏奈を、響は甘やかな声で遮った。

「心から愛してる。だから俺は杏奈と結婚するんだ。それ以外の理由なんてない」

響は力強い声できっぱり言い切ると、杏奈の唇に触れるだけのキスをする。

「欲しいのは杏奈だけだ」

熱い眼差しとともに再び唇に柔らかな熱を受け止めながら、杏奈はまるで夢の中にいるような気がした。

考えてみれば、初めて〝愛してる〟と言われた。

結婚しようと言われたときも、指輪を差し出されたときも、響の口からその言葉を聞くことはなかった。

「終業後だし誰も来ないとはいってもここは会社だ、続きは家に帰ってからだな」

耳もとに直接届く響の声に、杏奈はくしゃりと笑い、こくこくと頷く。

一度、愛してると言われただけで、響の言葉すべてに愛を感じてしまうから不思議だ。

そしてそれは、なんて単純で、幸せなことだろう。

杏奈は初めて知る愛される喜びに身体中が震え、そして頭の中がふわふわ揺れていることに気づいた。

身体に力が入らないばかりか視点も定まらず、響の胸にゆっくり倒れ込む。

「響君……？」

なにかがおかしいと思った途端再び気分が悪くなり、込み上がる吐き気にぎゅっと目を閉じた。

「杏奈？」

今日は甲田とのやりとりで心身ともに疲れ果て、そして響から愛してると言ってもらえて一気に気持ちが舞い上がった。

その落差に身体がついていけず、悲鳴をあげているのかもしれない。

目を閉じていても全身がふわりと回っているような感覚の中、意識が次第に遠のいていく。

「杏奈っ、おいっ」

悲痛な響の声がどこか遠くから聞こえてくる。

その声を最後に、杏奈は意識を失った。

第六章　新しい光

「おめでとうございます。七週に入ったところですね」

医師からそう言われたと同時に、杏奈はまだ膨らみのないお腹に手を置いた。

問診や内診、血液検査などひと通りの検査を受けて、予想していたとはいえ医師からはっきりと妊娠を告げられて、じわじわとうれしさが込み上げてくる。

「七週……あ、ありがとうございます」

杏奈よりも先に、隣で響が礼を口にし、頭を下げた。声が震え顔も紅潮しているうえに、杏奈の手に重ねた大きな手は見てわかるほど震えている。

「心音も確認できたし、今のところ問題はなさそうね」

響は今日の検査結果をモニターで確認している医師の言葉にひとつひとつ反応し、真剣に耳を傾けている。

「血液検査にも問題はないから、目眩と吐き気はしばらく様子をみてみましょう」

「わかりました。ありがとうございます」

再び杏奈よりも先に答える響に医師は小さく笑うと、今日撮ったエコー写真を杏奈に手渡した。

「この袋の中にいる豆粒みたいなのが赤ちゃん」

医師の言葉通り、赤ちゃんは小さな豆粒のようだ。頭と胴が分かれているようにもぼんやり見えるが、今はまだ単なる小さな塊だ。

それでも響は何度も「かわいい」と口にし、目をうるませている。

手放しで杏奈の妊娠を喜ぶ響を見つめながら、杏奈もまぶたの裏が熱くなるのを感じていた。


病院を出たとき、時刻は二十時を過ぎていた。

あいにく玄関横の乗り場に客待ちのタクシーは見えず、杏奈の体調もいいので駅までの十分を歩くことにした。

三月下旬の夜はまだ寒さが残っているが、歩いているうちに身体が温まり、気持ちいい。

「なるべく早く、婚姻届を提出しに行こう」

「はい」

響の言葉に、杏奈は間髪入れず答える。

結婚式当日に婚姻届を提出する予定だったが、妊娠したので早い方がいいだろう。響の希望で記入はすでに済ませていて、明日にでも提出できる状態だ。

いよいよ〝響君のお嫁さんになりたい〟という夢が叶う。

杏奈はつないだ手にちらりと視線を向け、口もとを緩ませた。

「明日から、仕事はどうする？」

響は歩みを緩め、杏奈の顔を覗き込んだ。

「しばらく休んだ方がいいんじゃないか？　また気を失うようなことがあったら、俺の心臓が持たない」

気遣わしげにつぶやく響の手を、杏奈は強く握り直した。

「大丈夫。気を失ったっていってもすぐに回復して仕事に戻れたし」

杏奈は会議室で一瞬意識を失ったものの、一分も経たないうちに目を覚ました。

響はそのまま杏奈を病院に連れていこうとしたが、目眩も吐き気もかなり治まったので、杏奈は強引に仕事に戻った。ただ、終業後はすぐに仕事を終わらせて病院に行くと約束させられ、響とともに会社近くの病院に向かい、時間外で診てもらったのだ。

「まさか妊娠しているなんて。びっくりしたけど、うれしい」

杏奈は空いている手でお腹に触れ、にっこり微笑んだ。

問診表に妊娠の可能性の有無を問う項目があり、そこでようやくその可能性に気づいた。幸いにもそこは複数の診療科を持つ総合病院だったので、内科よりも先に産婦人科で診てもらうことになったのだ。

「他の大きな病気じゃなくてよかったが、目眩は目眩だ。いつも俺がそばにいて助けてやれるわけじゃないし、つわりが治まるまで休んだ方がいい」

響は語気を強め、杏奈に言い聞かせる。

「心配してもらえるのはうれしいけど、つわりが終わるのを待ってたら、いつ仕事に戻れるかわからないよ」

杏奈は困り顔で答えた。

妊娠の経過は人それぞれ。つわりの症状も期間もこの先どう変化するかはわからない。だから無理は禁物だが、吐き気止めを使うなどしてうまく付き合っていくのがベストだと医師からも言われたのだ。そのことを響は忘れているのだろうか。

「だったらいつまででも休めばいい」

忘れているようだ。

「来週から総務に復帰だし、俺の目が届かないところでなにかあったらどうするんだ」

響は心配でたまらないとばかりにつぶやくと、杏奈を胸に抱き寄せた。

「え、響君？」

身体が温かく包み込まれ、ぎゅっと抱きしめられる。

「杏奈だけでも心配で仕方ないのに、お腹に赤ちゃんがいるんだぞ。ふたりになにかあったら俺は……」

絞り出される響の声は切なく、杏奈を抱きしめる腕は震えている。

響は相変わらず過保護で心配性だ。

「なんなら総務に交渉して復帰を延期……いや、中止に――」

「響君」

杏奈はヒートアップする響に優しく声をかけ、そっと距離を取ると、安心させるように笑いかけた。

「総務には頼りになる真波がいるから大丈夫」

「それは……まあ、たしかに」

響は気が進まない様子で納得する。

「とにかく無理はしないでほしい。なにかあったらすぐに俺に連絡してくれ。いいな」

「わかってる。だけどもしも会社にいるときに私になにかあれば、すぐに響君に連絡がいくと思うから、心配しなくて大丈夫」

「……だな」

響は浮かない顔で力なく答えた。

基の投稿がきっかけで社内に杏奈と響の婚約が知れ渡り、桐原をはじめ商品開発部の面々からあれこれ質問されて、仕事にならなかったのだ。

響が婚約を公表するタイミングを図っていたのはこれが理由だったのだと、つくづく実感した。

「だったら戸部さんには俺からもよろしく頼んでおくよ」

響は渋々ながらもそう言って、苦笑いを浮かべている。

結局最後はいつも、響は自身の気持ちを抑え、杏奈の気持ちを尊重する。

そんな響のことが、杏奈は愛おしくてたまらない。

杏奈は響の腕に自分のそれを絡め、そっと寄り添った。


その後、杏奈の妊娠を直接洸太たちに伝えようと決め、すぐに洸太と基に連絡を取って店に向かった。

オーダーストップまであと一時間ほど。ついでに食事を済ませて、閉店後に妊娠の件を伝えるつもりだ。

　幸せな報告だとはいえどう切り出そうかと緊張しながら店に入ると、基以外にも見知った顔が杏奈たちを待っていた。

「野尻部長、どうしたんですか？」

　基とともに、なぜか野尻の姿があった。

　杏奈は奥のテーブルで基と食事をしている野尻のもとに駆け寄った。

「元気そうだね。プロジェクトが終わってからなかなか会えないし、どうしてるかなと思ってたんだよ」

　野尻は強面の顔をくしゃりと崩し、杏奈に笑顔を向ける。

　プロジェクトの最中、その頼りがいのある笑顔に何度助けられたかと、杏奈が思い出していると。

「響と結婚するんだってね。おめでとう」

　野尻は杏奈と響を交互に見ながら、笑みを深めた。

「あ……ありがとうございます」

　杏奈は響とともに慌てて頭を下げる。

「基から披露宴でスピーチをって頼まれたけど、いいのか？　他に気を使わなきゃならないお偉方がいるなら、そっちに頼んだ方がいいだろ」

「スピーチ？」

野尻の言葉に、杏奈は小さく反応する。

結婚式に関することは北尾家に一任していて、詳細についてはあまり聞いていない。経済界や政界に強い影響力を持つキタオフーズコーポレーションの御曹司の結婚なのでそれは納得しているが、杏奈とも関わりがある野尻への依頼なら、せめて事前に話してほしかった。

「それに、響って、どういう……？」

杏奈は野尻が響を呼び捨てたことが気になり、響を見上げ視線で問いかける。

会社では、響と野尻が特別親しくしていた記憶はない。

たしかに商品開発部と本社工場は関わりが深いが、名前を呼び捨てにしたり、結婚式でスピーチを依頼したりするほどの関係だとは思えなかった。

「俺も響も野尻にお願いしたいんだよ。杏奈ちゃんだって野尻に世話になったし」

基はそう言って、野尻の空になったグラスにワインを注いでいる。

杏奈はわけがわからない。

「俺も同じ意見だよ。基と響にもそう伝えていたんだ」

隣のテーブルを片付けていた洸太が話に加わった。

洸太は基と野尻と顔を合わせ、親しげに笑い合っている。気心が知れた空気感からは、三人が昨日今日の付き合いではないことが伝わってくる。

「そろそろオーダーストップだな。野尻、久しぶりにあれ、食べたくないか？」

基から意味ありげに声をかけられて、野尻は眉を上げた。

「しめはやっぱり三園のチキンライスだな。大盛りを頼むよ」

「俺も、ポテトサラダ付きで」

続く基の明るい声に、洸太は目を細め笑い声をあげた。

「何年経っても変わらないのは基だけじゃなかったんだな。よし、待ってろ」

洸太はそう言ってカウンターの奥に向かった。

その背中がやけに楽しそうに見え、杏奈はさらに困惑する。

どう考えても三人には特別な関わりがありそうだが、今もキタオフーズで働く基と野尻は別にしても、洸太の口からこれまで野尻の名前が出たことはない。

傍らの響を見ても、意味深な笑みを返されるだけで要領を得なかった。

「杏奈、話があるって言ってなかった？」

それまで近くで洸太たち三人のやりとりを眺めていた母に声をかけられ、杏奈は視線を向ける。

「結婚式の相談?」

「えっと、そ、そうじゃないんだけど、話ならあとでゆっくり……」

話を振られ、杏奈は口ごもる。

妊娠を知った両親たちが、驚くことはあっても怒ったりがっかりしたりすることはないとわかっているが、やはり落ち着いて話したい。

響も同じ思いなのか、杏奈の背中を支えながら優しく頷いている。

「ふたりともなにか食べたの? 今日は杏奈が好きなハンバーグがおすすめだけど、どうする?」

「ハンバーグ? どうしようかな。また今度にしようかな」

大好物だが、今日はあっさりしたものが食べたいと考えた途端。

「……うっ」

杏奈は突然吐き気を覚え、慌てて化粧室に駆け込んだ。


その夜、眠る準備を整えてベッドに入る杏奈を、先に入って待っていた響が両手を広げ胸に抱き寄せた。

「体調はどうだ?」

「今は平気。目眩は全然なくなったから、明日も仕事に行けると思う」

目眩や吐き気の原因が妊娠によるものだろうとわかった途端、安心したのか目眩を感じる回数がぐっと減り、体調はかなりいい。

もちろん、響に愛されているとわかったことで精神的に落ち着いたことも、理由のひとつだというのは間違いない。

「寒くないか?」

響は杏奈のお腹を気にかけながら、優しく腕の中に閉じ込めた。

「また見てたの?」

響の胸にすっぽり収まりながら、杏奈はクスクス笑う。

「何度見ても、またすぐ見たくなるんだよな」

力を込めて語る響の声に、杏奈はもう一度笑い声をあげた。

「私にも見せて」

杏奈は響の腕の中から顔を出し、響から赤ちゃんのエコー写真を受け取った。

「本当だね。何度見てもかわいい」

杏奈の声に合わせて響も頷いている。

「ここからどんどん大きくなるのよね。次会えるのが楽しみ。あ、健診のときって毎回エコーって撮ってもらえるのかな」

首をひねる杏奈に、響は思い出したように口を開く。

「本当に母さんが働いている大学病院で出産するのか？」

「うん、そのつもりだけど、だめ？」

杏奈は首をかしげ、エコー写真をサイドテーブルに置いた。

「いや、だめってわけじゃないが。むしろ母さんは喜んでるし、ありがたい」

「私は大学病院で構わないよ。診療科が多いから万が一なにかあっても対応してくれるだろうし、知り合いがいる病院の方が心強いから」

「そうか。杏奈がいいなら、そうしよう」

響は安心したようにそう言って、再び腕の中に潜り込んできた杏奈の身体を包み込んだ。

「父さんたちみんな、喜んでくれてよかった」

響の腕の中、杏奈はホッとした声でつぶやいた。

突然の吐き気で化粧室に飛び込んでしまい、妊娠しているとすぐに知られてしまったが、双方の家族、そしてたまたま居合わせた野尻までもが喜んでくれた。

そしてなるべく早く婚姻届を提出することと、杏奈の母の提案で杏奈にとって通勤が楽な響の自宅に早々に引っ越すことが決まった。

今日は最低限の荷物をまとめて響の家にやってきたが、朝から続いたジェットコースターのような展開に、身体はくたくただ。

「今日は色々あったけど、最後の最後が一番びっくりした」

杏奈は響の胸に顔をうずめ、欠伸《あくび》をかみ殺しながらつぶやいた。

「響君は、知ってたの？」

「ああ。入社してすぐに父さんから聞いたよ」

杏奈の頭を撫でながら、響は思い返すように答えている。

響にとっても聞いて楽しい話ではなかったはずだ。

「でも、父さんが宅配料理を企画してたなんて、びっくりしたな。キタオフーズで働いていた頃の話は全然しないから」

そのことを不思議に思うこともあったが、なにか話したくない理由があるのだろうと思い、次第に話題に出すこともなくなっていた。

けれど、今日配信されたプレスリリースがきっかけで、杏奈は響から洸太の過去を知ることとなった。

響からざっと聞いた話では、現在の宅配料理システムの原形を企画したのが洸太で、基と野尻も企画に参加していたそうだ。

企画は順調に進み、あとは取締役会の承認を得るだけとなったとき、当時の社長以外の取締役が全員一致で反対し、企画は流れ、費やした莫大な開発費用はすべて無駄になってしまった。

宅配料理事業の目的は女性の家事負担の軽減だったが、当時女性は家事に勤しむべきという風潮がまだまだ主流で、役員たちも同様の考えだった。就任間もない社長への強烈な意思表明でもあったらしい。

そして宅配料理事業は解散となり、会社に莫大な損害を与えた責任を取って洸太は退職、野尻は工場に異動。

社長の息子である基だけは本社に残ったが、元凶となった役員たちが辞するまで、かなりの苦労を重ねたそうだ。

洸太が退職する際、基と野尻とある約束が交わされた。

いつか、人の役に立つ宅配料理システムを開発し、全国に広める。

その約束を実現するために、基や響はこれまで介護者向けやワンオペで育児にあたる母親向けの商品を開発、販売してきた。

そしていよいよその集大成ともいえるあんしんつながり便の販売が決定し、プレスリリースが配信された。

それによって開発もひとつの区切りを迎え、基は洸太や野尻との約束を果たすことができたとひとりで大いに盛り上がり、SNSを通じてそのことを伝えた。

それが、洸太と基が仲良く釣りを楽しんでいる瀬戸内旅行の写真。

あの写真には、当時洸太を慕っていた社員たちに、洸太が今も元気でやっていると知らせる意味もあったらしい。

そして杏奈と響の婚約を匂わせるハッシュタグたち。

「父さんの過去があのハッシュタグにつながるとは思わなかった」

響の胸に顔をうずめ、杏奈は寂しげにつぶやいた。

「そうだな。父さんにとってあの投稿にプライベートって意識がなかったのもそういう過去があったからだ。当時企画を潰した役員たちへのリベンジの思いもあっただろうし」

「うん、なる……ほど」

くぐもった杏奈の声が寝室に流れ、響は腕の中で眠りについた杏奈の顔を覗き込んだ。

響の身体にぎゅっとしがみつき、安心しきった顔で眠っている。

「愛してるよ」

響は杏奈の唇に押しつけるようなキスをすると、華奢な身体を抱きしめ目を閉じた。


雲ひとつない青空が広がる七月下旬。杏奈と響の結婚式当日を迎えた。

午前中ホテル内のチャペルで式を滞りなく終えたふたりは、着替えを終えて披露宴までの三十分、控え室で身体を休めていた。

広い控え室には軽食や飲み物が用意されていて、これからの披露宴に備えて杏奈もサンドイッチをひとつついただいた。

「疲れてないか？　なにか飲み物でも持ってこようか？」

「ううん。大丈夫。少し疲れてるけど平気」

杏奈は結婚後も変わらず過保護で心配性の響を安心させようと、普段より幾分大きな声で答えた。

「響君も疲れてるよね。私のことはいいから少しは座って休んで」

杏奈は響の手を取ると、腰かけている長椅子の半分に響を座らせた。

「披露宴には政財界の重鎮方が来られるのよね。失礼がないように気をつけないと」

三百人ほどの招待客のほとんどは北尾家の招待客で、有名企業のトップや芸能人も含まれていると聞いている。いずれ社長となる響にとっては重要な相手に違いない。

「ご挨拶に回るなら、私も一緒に行くから安心して」

杏奈は胸の前で握りこぶしを作り、気合いを入れた。

「あ……ああ、そうだな。わかった」

「実は少しだけ予習してきたの」

杏奈は響の耳に唇を寄せ、ささやいた。

「予習？」

戸惑う響に、杏奈は意味ありげな笑顔で頷いた。

「基おじさん、この間経済団体の会長に就任したから、その団体の理事を務めてる社長さんたちのことを調べて覚えてきたの。十社しか覚えてないけど、挨拶のときに役に立てるかなって」

誇らしげに胸を張る杏奈を、響は目を見開き見つめた。

「いつの間に……」

「残念ながら私が響君の役に立てることってこのくらいしかないから。あ、妹尾ブランドの野菜についてもちゃんと頭に入れてきたから、大丈夫。今日の料理になにが使われてるかも把握してる」

続く杏奈の話に、響は途端に目尻を下げ、頬を緩めた。

なんといっても九月に発売を控えているあんしんつながり便の料理に、妹尾ブランドの野菜が使われることになったのだ。

そのきっかけは、副社長に就任してからも現場重視で畑に頻繁に顔を出す響の本気と、あんしんつながり便の弱者への将来性に共感した妹尾の決断によるもの。

それだけで商品開発部は沸きに沸いたのだが、響の結婚祝いにという妹尾勇次郎の計らいで、今日の料理にも妹尾ブランドの野菜が使われているのだ。

それもこれも長い間北海道に通い続け、ときには畑仕事を手伝いながら野菜の提供を求めてきた響の努力の結果だ。

「……甲田さん、元気かな」

ふと思い出し、杏奈はわずかに表情を曇らせた。

甲田は杏奈と響が結婚した直後に退職した。今は母親が経営する飲食店を手伝っていると噂で聞いている。

今回の妹尾ブランドの野菜の契約に甲田はいっさい関わっていない。それどころか甲田は祖父である妹尾とは昔から交流がなく、北海道を訪れたこともほとんどなかったらしい。彼女の母親が駆け落ち同然で北海道を飛び出したのがその理由のようだと、響は言っていた。

「甲田なら大丈夫だろ。あれだけ自分本位で身勝手な生き方ができるのもある意味才能だ。逞《たくま》しくやってるはずだ」

「……そうだね」

「それより立てるか？ まだ杏奈のウェディングドレス姿、全部見せてもらってないよな」

「あ、うん」

杏奈は響の手を借りゆっくり立ち上がる。

妊娠六カ月に入り、お腹の膨らみが目立たないようデザインされたAラインのドレスは、シフォン素材でふんわりとしたラインが杏奈のイメージにぴったりで、よく似合っている。

肩を広く出したオフショルダーとパフスリーブの組み合わせもとてもかわいらしく優しい印象で、腹部に向かいがちな視線を逸らす効果もある最適のデザインだ。

「肩が恥ずかしくて」

杏奈は顔を赤らめ、うつむいた。

妊娠がわかり、デザイナーと何度も相談して決めたデザインは、リボンやパールで装飾を施した杏奈のお気に入り。

体調を考えてお色直しを割愛したので、この一着に杏奈の希望を詰め込んだ。

「試着させてもらったドレスも似合ってたけど、これもいいな」

杏奈の周りをぐるりと眺めながら、響は何度も感心の声をあげている。

「響君もタキシードがよく似合ってる。白もよかったけど、響君には黒が似合うと思ったの」

黒いジャケットに胸もとにプリーツが入ったドレッシーな白いシャツ。そして蝶《ちょう》ネクタイ。普段身につけることがないものばかりで新鮮で、杏奈はさっきからタキシード姿の響に見とれている。

「あ、蝶ネクタイが少しずれてるかも」

杏奈はドレスの裾を手で持ち上げ、いそいそと響に近付いた。

「それにしても響君、よく似合ってる」

わずかに左に傾いている蝶ネクタイを整え、杏奈は響のタキシード姿をじっくりと見つめた。

清潔感のある短めの黒髪もタキシードに合っていて、なにからなにまでかっこいい。

すると、響はゆっくりと腰を折り、杏奈の耳もとに唇を寄せた。

「愛してるよ、杏奈」

「私も愛してます」

響の甘美な声につい反応し、杏奈も負けじと同じ気持ちを返した。

「幸せになろうな。この子も一緒に」

「とっくに幸せにしてもらってる。この子も絶対に幸せだと思ってるよ」

得意げに胸を張る杏奈を、響はくすりと笑う。

「抱きしめたい」

「私も」

言い終わるのを待たず、杏奈は響の胸に飛び込んだ。


【完】

特別書き下ろし番外編

奇跡の指輪

社長賞の内示から五日後、響は北尾家が懇意にしている百貨店の外商フロアを訪れた。

「わざわざお越しいただきありがとうございます」

響の到着を待ち構えていた男性が、エレベーターを降りた響に向かって頭を下げている。

彼は北尾家担当の小川《おがわ》で、上質だとわかるスーツをまとい人当たりのいい笑みを浮かべている。

響は五日前に電話で依頼した物が用意できたと小川から連絡を受け、やってきたのだ。

響はフロア奥のお得意専用室へと足を向ける。

入口で黒いスーツを着た女性が控えていた。

響は女性に軽く会釈し、小川に促されてソファに腰を下ろした。

「先日お聞きしたイメージでご用意させていただきました」

響の目の前のガラステーブルには、リングケースがいくつも並び、ダイヤモンドが光を放っている。二十点以上はありそうだ。

「突然のお願いだったのに、ありがとうございます」

響はダイヤから目が離せず、気もそぞろに答えた。

石や台の形や大きさもデザインもそれぞれで、どれひとつとして同じ物はない。

「杏奈が喜ぶのはどれだろう……?」

響は選択肢の多さに戸惑い、力なくつぶやいた。

社長賞の件で気が高ぶり婚約指輪を用意しようと即座に決めたが、なにを基準に選ぶべきかピンとこない。

杏奈に指輪の好みを聞いたことはなく、プロポーズもこれからだ。

杏奈との結婚に迷いはいっさいないが、事前に踏むべきステップを無視してしまったと、ようやく気付いた。

「どれも質のよい物ですし、お相手様、杏奈様ですよね。お喜びになると思いますよ」

黙り込む響を気遣い、小川が声をかける。

小川は昔から定期的に北尾家を訪れていて、杏奈とも顔を合わせたことがある。今回も電話で響が杏奈の名前を口にしただけで思い出したそうだ。

「杏奈様のお好みばかりをご用意しました」

「……そうなんですか？」

響は首をかしげる。

いつも謙虚な小川にしては珍しく、自信に満ちている。

「これまで婚約指輪のご相談をお受けした経験がありますので、一般的な話として、申し上げました」

小川は慌てて言葉を続ける。

「なるほど。私は女性に指輪を贈るのは初めてで、杏奈の好みもわからないんですよね。付き合いが長くても、お互いをちゃんと知るのはこれからですね」

響は苦笑する。

「お手に取ってご覧になられますか？」

背後に控えていた女性が、テーブルに歩み寄る。

「だったら……」

響は日の前にある指輪を指差した。

中央で輝く大きなダイヤの両脇に、小ぶりのダイヤが寄り添っている。品があって愛らしく、杏奈の雰囲気に似ていて、気になっていたのだ。

「杏奈様のイメージにぴったりです」

女性が迷いのない声でつぶやく。

「杏奈のイメージ？　彼女をご存じですか？」

「あ、いえ。私はただ」

女性は顔色を変え、小川に顔を向けた。

小川は一瞬眉を寄せたものの、すぐに表情を整え響に向き直る。

「彼女に杏奈様のイメージを伝えました。だからその指輪が杏奈様のようだと感じたのだと思います。そうですよね、白岩《しらいわ》さん」

白岩と呼ばれた女性は、こくこくと頷く。

「色々ありがとうございます。おふたりの方が杏奈をわかっているようですね」

冗談交じりにそう言った響に、白岩はにっこり笑う。

「もちろん、たしかにそうです。いえ、あの。まずはこの指輪をご覧ください」

白岩はしどろもどろにそう言って、響の目の前に指輪を差し出した。

「私も、そちらの指輪で間違いないと思います」

小川も後押しする。

響はふたりの押しの強さに気圧されながら、指輪を受け取った。

その瞬間、響は息をのんだ。

部屋の明かりを受けて四方八方に輝きを放つダイヤの魅力から、目が離せない。

今すぐにでもプロポーズをしたくてたまらなくなる。

「これに決めます」

響は上の空でつぶやいた。

「サイズですがそちらは八号サイズで、杏奈様にぴったりだと思います」

「八号？　そうおっしゃるなら、白岩さんにそれはお任せします」

心ここにあらずの響に、小川と白岩は意味ありげな笑顔で頷いた。


『杏奈、明日ってなにか予定ある？』

スマホから聞こえてきた親友の声に、杏奈は自室で見ていた雑誌を閉じた。

「美月《みづき》、久しぶり」

電話の相手は中高をともに過ごした親友、白岩美月だ。彼女は現在百貨店の宝飾品部門で働いている。

杏奈の響への恋心を知っている彼女からは、勇気を出して気持ちを伝えるようこれまで何度も背中を押されてきた。

「急だね。なにかあった?」

『ないよ。杏奈の予定が気になるだけ』

「え、え?」

話がかみ合わず、杏奈は首をひねる。

「明日の予定……」

『そう、明日の予定』

探るような美月の口調に、杏奈は戸惑いを覚える。相談でもあるのだろうか。

「明日は響君と衣装の試着でホテルに行くけど? それがどうかした?」

美月には婚約してすぐにそのことを報告していて、『じれったすぎてどうなるかと思ってたけど、やっとまとまったのね。おめでとう』と祝いの言葉をもらっている。

『だったらいいの、安心した。気にしないで』

「気にしないでって言われても、気になるよ」

杏奈はスマホを手に、眉を寄せる。

『あ、先週杏奈に婚約指輪を選んでもらったでしょう?』

突然話が変わり拍子抜けするも、杏奈は思い返す。

カタログに掲載する商品の参考にしたいからと、美月からSNSにダイヤの指輪の写真がいくつも届き、好みのデザインを聞かれたのだ。

「私の意見、参考になった？」

直感で選んだが、宝飾品の価値も違いもわからないので、今ではどれを選んだのかすら、曖昧だ。

『ていうか、付き合いが長いと好みも似るのね。一発で杏奈と同じデザインを選ぶから、びっくり。あ、それはいいの』

「一発で？」

さっぱりわけがわからない。

『とにかくあの指輪、私も杏奈に似合うと思う。前に指のサイズを測る練習台になってもらったから、八号だって知ってたし』

「美月？」

ますます意味不明だ。

『そっか、明日北尾様と会うのか。裏の刻印が間に合ってよかった』

ぶつぶつ言っている美月に、杏奈はため息をつく。

『じゃ、まだ仕事中だから。またね』

「美月っ。なにも問題ないのよね？　……切れてる。なんだったんだろう」

最後までわけがわからなかった。

「まあいいか」

美月になにも問題がなければそれでいい。

杏奈はスマホをテーブルに置くと、気持ちを切り替え、読みかけのブライダル雑誌を開いた。

明日はいよいよウェディングドレスの試着だ。楽しみで仕方がない。

同じ頃、響はできあがった婚約指輪を小川から受け取り、杏奈との幸せな未来に思いをはせていた。

番外編　完

あとがき

こんにちは。惣領莉沙です。

『冷徹御曹司の偽り妻のはずが、今日もひたすらに溺愛されています』をお手に取っていただきありがとうございます。

今回は長く想い続けていた憧れの幼なじみにプロポーズされたものの、その理由を大きく誤解し、それでも彼のためにと結婚に向けて動き出す女性のお話です。

ヒーローを愛するヒロインの一途さと、ヒロインの成長や立場の変化を根気よく待ちながら結婚のタイミングを考えていたヒーローの強い愛情が重なり合い、幸せを掴むまでを、どうぞお楽しみください。

もともと食べることが好きでハマるとそればかりを食べてしまうのですが、今回は板チョコがキーアイテムということもあり、板チョコをよく食べていました。

おかげでご飯が食べられなくなるという、大人らしくない毎日。反省しています。

なので次回同じ世界線を書く機会があれば、健康にいい食材について書こうと密かに決意しています。

作中、父親の育児参加についてちらりと触れていますが、私が出産しほぼワンオペで育児に向き合っていた頃は、父親の育児休暇取得が認知され始めたばかりで、まだまだ当たり前に活用できる雰囲気ではありませんでした。

結局、私はひとりで頑張りすぎて心身共にキャパオーバー。もう少し力を抜いて育児を楽しめばよかったなと、後悔も。

今も育児しやすい環境ではなく、大変なことに変わりはないかもしれません。今作が日々子育てや家事に奮闘している読者様の、気分転換のお役に立てれば幸いです。

今回ご縁をいただき素敵なカバーイラストを描いてくださった幸村佳苗様。イメージ通りの杏奈と響に何度も見入っています。本当にありがとうございました。

最後になりますが、携わってくださった皆様、そしてなにより読者様。これからも、よろしくお願いいたします。

このご縁が末永く続きますよう、いっそう精進いたします。

惣領莉沙《そうりょうりさ》

惣領莉沙先生への
ファンレターのあて先

〒104-0031
東京都中央区京橋1-3-1
八重洲口大栄ビル7F
スターツ出版株式会社　書籍編集部　気付

惣領莉沙先生

本書へのご意見をお聞かせください

お買い上げいただき、ありがとうございます。
今後の編集の参考にさせていただきますので、
アンケートにお答えいただければ幸いです。

下記URLまたはQRコードから
アンケートページへお入りください。
https://www.berrys-cafe.jp/static/etc/bb

ベリーズ文庫

冷徹御曹司の偽り妻のはずが、今日もひたすらに溺愛されています【憧れシンデレラシリーズ】

2023年9月10日　初版第1刷発行

著　者　惣領莉沙
©Risa Soryo 2023
発行人　菊地修一
デザイン　カバー　ナルティス
フォーマット　hive & co.,ltd.
校　正　株式会社文字工房燦光
発行所　スターツ出版株式会社
〒104-0031
東京都中央区京橋1-3-1　八重洲口大栄ビル7F
TEL　出版マーケティンググループ　03-6202-0386
(ご注文等に関するお問い合わせ)
URL　https://starts-pub.jp/
印刷所　大日本印刷株式会社

Printed in Japan

乱丁・落丁などの不良品はお取替えいたします。
上記出版マーケティンググループまでお問い合わせください。
定価はカバーに記載されています。

ISBN 978-4-8137-1476-7　C0193

ベリーズ文庫 2023年9月発売

『[illegible]』 砂川雨路・著

弁当屋勤務の菊乃は、ある日突然退職を命じられる。露頭に迷っていたら常連客だった外交官・博巳に契約結婚を依頼されて…!? 密かに憧れていた博巳からの頼みなうえ、利害も一致して期間限定の妻になることに。すると――「きみを俺だけのものにしたい」堅物な彼の秘めた溺愛欲がじわりと溢れ出し…

ISBN 978-4-8137-1475-0　定価715円（本体650円＋税10%）

『[illegible]』 惣領莉沙・著

食品会社で働く杏奈は、幼馴染で自社の御曹司である響に長年恋心を抱いていた。彼との身分差を感じ、ふたりの間には距離ができていたが、ある日突然彼から結婚を申し込まれ…!? 建前上の結婚かと思いきや、響は杏奈を蕩けるほど甘く抱き尽くす。予想外の彼から溺愛にウブな杏奈は翻弄されっぱなしで…!?

ISBN 978-4-8137-1476-7／定価726円（本体660円＋税10%）

『14年分の想いで、極上一途な御曹司は私を囲い愛でる』 若菜《わかな》モモ・著

OLの紬希は友人の身代わりでお見合いに行くことに。相手の男性に嫌われてきて欲しいと無茶振りされ高飛車な女を演じるが、実は見合い相手は勤め先の御曹司・大和で…! 嘘がばれ、彼の縁談よけのために恋人役を命じられた紬希。「もっと俺を欲しがれよ」――偽の関係のはずがなぜか溺愛が始まって…!?

ISBN 978-4-8137-1477-4／定価726円（本体660円＋税10%）

『怜悧なパイロットの飽くなき求愛で双子ごと包み娶られました』 Yabe・著

グランドスタッフの陽和は、敏腕パイロットの悠斗と交際中。結婚も見据えて幸せに過ごしていたある日、妊娠が発覚！ その矢先に彼の秘密を知ってしまい…。自分の存在が迷惑になると思い身を引いて双子を出産。数年後、再会した悠斗に「もう二度と、君を離さない」とたっぷりの溺愛で包まれて…!?

ISBN 978-4-8137-1478-1／定価726円（本体660円＋税10%）

『極秘の懐妊なのに、クールな敏腕CEOは激愛本能で絡めとる』 ひらび久美《くみ》・著

翻訳者の二葉はロンドンに滞在中、クールで紳士な奏斗に2度もトラブルから助けられる。意気投合した彼に迫られとびきり甘い夜過ごして…。失恋のトラウマから何も言わずに彼のもとを去った二葉だったが、帰国後まさかの妊娠が発覚！ 奏斗に再会を果たすと、「俺のものだ」と独占欲露わに溺愛されて!?

ISBN 978-4-8137-1479-8／定価726円（本体660円＋税10%）

ベリーズ文庫 2023年9月発売

『落ちこぼれの辺境令嬢が次期国王に溺愛されて大丈夫ですか?～モフモフしてたら求婚されました～』 晴《はる》日《ひ》青《あお》・著

田舎育ちの貧乏令嬢・リティシアは家族の暮らしをよくするため、次期国王・ランベールの妃候補選抜試験を受けることに！　周囲の嘲笑に立ち向かいながら試験に奮闘するリティシア。するとなぜかランベールの独占欲に火がついて…!?　クールな彼の甘い溺愛猛攻にリティシアは翻弄されっぱなしで…。

ISBN 978-4-8137-1480-4／定価737円（本体670円＋税10%）

ベリーズ文庫 2023年10月発売予定

Now Printing

『悪いが、君は逃がさない【極上スパダリの執着溺愛シリーズ】』 佐倉《さくら》伊織《いおり》・著

百貨店で働く紗弥のもとに、海外勤務から帰国した御曹司・文哉が突如上司として現れる。なぜか紗弥のことを良く知っていて、仕事中何度も助けてくれる文哉。ある時、過去の恋愛のトラウマを打ち明けたらいきなりプロポーズされて…!? 「諦めろよ、俺の愛は重いから」――溺愛必至の極上執着ストーリー!

ISBN 978-4-8137-1487-3　予価660円（本体600円＋税10%）

Now Printing

『タイトル未定【憧れシンデレラシリーズ4】』 宝月《ほうづき》なごみ・著

真面目な真智は三つ子のシングルマザー。仕事に追われながらも子育てに励んでいた。ある日、3年前に契約結婚を交わした龍一が、海外赴任から帰国すると真智を迎えに来て…!? すれ違いから一方的に彼に別れを告げ、密かに出産した真智。ひとりで育てると決めたのに彼の一途で熱烈な愛に甘く溶かされ…。

ISBN 978-4-8137-1488-0／予価660円（本体600円＋税10%）

Now Printing

『君の願いは俺が全部叶えてあげる～奇跡の花嫁～』 伊月《いづき》ジュイ・著

製薬会社で働く星奈は、"患者を救いたい"という強い気持ちを持つ。ある日、社長である祇堂の秘書に抜擢され戸惑うも、彼の敏腕な仕事ぶりに次第に惹かれていく。上司の仮面を外した祇堂は、絶え間ない愛で星奈を包み込んでいくが、実は星奈自身も難病を患っていて――。溺愛溢れる珠玉のラブストーリー!

ISBN 978-4-8137-1489-7／予価660円（本体600円＋税10%）

Now Printing

『タイトル未定（パイロット×看護師）』 宇佐木《うさぎ》・著

看護師の夏純は、最近わけあって幼馴染のパイロット・蒼生と顔を合わせる機会が多い。密かに恋心を抱いているが、今更関係が進展する様子はなく諦め気味。ところが、ある出来事をきっかけに蒼生の独占欲が爆発! 「もう理性を抑えられない」――溺愛全開で囲われ、蕩けるほど甘い新婚生活が始まって…!?

ISBN 978-4-8137-1490-3／予価660円（本体600円＋税10%）

Now Printing

『きみは俺がもらう　御曹司は仕事熱心な部下を熱くからめ取る』 彼方紗夜《かなたさや》・著

恋人に浮気され傷心中のあさひ。ある日酔っぱらった勢いで「鋼鉄の男」と呼ばれる冷徹上司・凌士に失恋したことを吐露してしまう。一夜の出来事かと思いきや、その日を境に凌士は蕩けるように甘く接してきて…!? 「君が欲しい」――加速する彼の溺愛猛攻と熱を孕んだ独占欲にあさひは身も心も乱されて…。

ISBN 978-4-8137-1491-0／予価660円（本体600円＋税10%）

タイトル、価格等は変更になることがございますのでご了承ください。

ベリーズ文庫 2023年10月発売予定

Now Printing

『悪女と呼ばれて婚約者に殺された令嬢は次こそ間違えない！』　やきいもほくほく・著

神獣に気に入られた男爵令嬢のフランチェスカは、王太子・レオナルドの婚約者となる。根拠のない噂でいつしか悪女と呼ばれ、ついには彼に殺され人生の幕を閉じた――はずが、気づいたら時間が巻き戻っていた！　今度こそもふもふ聖獣と幸せになりたいのに、なぜか私を殺した王太子が猛溺愛してきて⁉

ISBN 978-4-8137-1492-7／予価660円（本体600円＋税10%）

タイトル、価格等は変更になることがございますのでご了承ください。